美丽乡村助读书系
乡村助读，让中国的乡村
从风景到精神愈加美丽。

麦田阳光

美丽乡村助读书系

乡村助读，让中国的乡村
从风景到精神愈加美丽。

没人能替你长大

MEIREN NENG TI NI ZHANGDA

高洪波 顾问　陈彦玲 主编

李东华＿＿＿＿＿著

山西出版传媒集团　山西教育出版社

图书在版编目（ＣＩＰ）数据

没人能替你长大 ／ 李东华著. — 太原：山西教育出版
社，2021.6（2022.5重印）
（"阳光麦田"系列／陈彦玲主编）
ISBN 978-7-5703-0389-2

Ⅰ. ①没… Ⅱ. ①李… Ⅲ. ①中国文学—当代文学—
作品综合集 Ⅳ. ①I217.2

中国版本图书馆 CIP 数据核字（2021）第 009679 号

没人能替你长大

MEIREN NENG TI NI ZHANGDA

出 版 人　李　飞

选题策划　李梦燕

责任编辑　朱　旭

复　　审　裴　斐

终　　审　李梦燕

装帧设计　王春声　薛　菲

印装监制　蔡　洁

出版发行　山西出版传媒集团·山西教育出版社

　　　　　（太原市水西门街慢头巷 7 号　电话：0351-4729801　邮编：030002）

印　　装　河北燕龙印刷有限公司

开　　本　890×1240　1/32

印　　张　5.5

字　　数　84 千字

版　　次　2021 年 6 月第 1 版　2022 年 5 月第 5 次印刷

书　　号　ISBN 978-7-5703-0389-2

定　　价　25.00 元

如发现印装质量问题，影响阅读，请与印刷厂联系调换。电话：010-89598455。

目 录

根植乡野，眺望远方（代序）

李东华

把"美丽乡村助读书系"做成精品，为新时代新乡村新少年的成长助力，这个美好心愿，把出版者、策划人、作家、编辑聚集在一起，大家郑重其事地播下种子，然后怀着庄重而又快乐的心情，等待所有努力慢慢发芽。

我曾经有幸数次参加"我的书屋我的梦"乡村少年儿童阅读实践活动征文的评审工作，印象最深的就是2019年。面对从海量征文中初选出的近千篇作品，我油然而生一种"一夜好风吹，新花一万枝"的惊艳感。按照评委会要求，终评委们需要优中选优，再从中挑出几十篇最终获奖文章，这可让我犯了选择困难症，因为每一篇都像枝头迎着东风初绽的花朵，各有各的姿态，各有各的鲜妍，共同构成了蓬勃的春天，哪一朵都可爱得叫人不忍心舍弃。

但我想，我的这种"纠结"是一种喜滋滋的纠结——让人一下子就能感觉到，无论大江南北，全国各地乡村的孩子们，并不是仅仅某一地因为水土适宜而长势良好，而是齐刷刷地在拔节成长。这算是从空间这个维度的横向比较。再沿着时间轴纵向来看，我们可以清晰地感受到这几年的征文质量一年比一年高。从这些或长或短的文章中可以看出，孩子们的阅读内容越来越丰富了，小说、童话、诗歌，科幻、军事、历史、天文、地理……不同体裁不同领域，不论古今中外，凡属人类留下的智慧结晶，都在他们尚属稚嫩却又充满好奇的目光之内，都留下了他们求知和探索的小小脚印。

我想，也正是因为阅读的广博，让他们不管是生长于哪片偏僻的乡野，都能够从浩瀚的书海中汲取无穷无尽的滋养，获得世界性的视野。你能够从字里行间捕捉到一种"初生牛犊不怕虎"的淋漓元气，一种与周围世界、与他人、与自我对话时落落大方的自信表情，一种对祖国、对人类、对万事万物的真挚的爱。而这一切的呈现，又依赖于他们对于语言文字的日渐流畅的、自如的运用。

俗话说"熟读唐诗三百首，不会写诗也会吟"，阅读对于一个人写作能力的反哺，是这些征文给予我的第一个鲜明印象。

那些已初步呈现出汉语言之美的遣词造句，那些灵动的、智慧的表达，那些对于生活细节的敏锐、精准的描摹，那些既充满孩子气又闪耀着思想光芒的惊人之语，都无不让人生发"后生可畏"的赞叹。

所以说，尽管摆在眼前的是一篇篇无言的征文，却分明让人看到了征文背后所站立的那一个个活泼泼的、天真烂漫的孩子，看到了新时代乡村少年儿童因阅读的积累而敢于讲述的不一样的"中国故事"。

对于孩子和国家、民族的关系，已经有很多精辟的认识和论述。"孩子是祖国的花朵"，"孩子是民族的未来"，"少年强则中国强"。然而，如果希望孩子们能撑起国家的明天，他们首先要撑起自己的明天，而阅读则是他们撬动未来命运的支点。"忠厚传家久，诗书继世长"，这是在中国乡间最常见的对联，一代又一代的人家将它贴在大门上，可见在我们民族的潜意识中，书籍和人品是支撑一个国、一个家千秋万代延续下去的两根最坚实的立柱。将这样的对联贴在家门上，贴在最显眼的地方，就是在每时每刻提醒每一个人。我想这是一个有着五千年璀璨文明的民族最智慧的共识。而要把这一共识真正落到实处，最需要着力的地方就是乡村了。

相比于有父母督促而阅读环境更优越的都市孩子来说，乡村孩子的阅读可能更需要政府、社会的引领，尤其是数千万父母不在身边的留守儿童，阅读既是他们获取知识的有效途径，更是滋养他们心灵的精神引领。

我常常想，一个人需要有自己的书柜，一个家庭需要有自己的书房，一个城市需要有自己的公共图书馆，那么一个乡村，当然更需要有自己的书屋。

阅读"'阳光麦田'美丽乡村助读书系"这套小书，对孩子们来说，能够得到的是思想和精神上潜移默化的熏陶和滋养。而持续地写作、出版一些适合乡村孩子阅读的好书，让这些书在助力乡村少年儿童阅读方面发挥作用，无疑是功在当代，利在千秋的事业——我们不妨来个小小的假设，全国有六十多万个乡村，假设每个乡村书屋中的书籍，能够像投入湖心的石子，哪怕只在十个孩子的心中荡起涟漪，那么全国就会有六百多万个乡村孩子从阅读中受益。

美丽乡村既要实现生态意义上的"绿水青山"，也要构建精神层面的"绿水青山"，从这个意义上讲，用优质图书和阅读协助、帮助、辅助乡村阅读，繁荣乡村文化，是建设美丽乡村的有效路径。

面对这些适合乡村少年儿童阅读的文字，我似乎可以看到，未来的他们，因今天的阅读引领而描绘出自己的梦和憧憬。

这些梦，将根植于他们生活的山乡旷野，更将呼应着远方的星辰大海。

我的故园有半庭竹子

题 记

> 我的故园倒有半庭竹子，在我的故乡又是只此一家的，所以颇有点"鹤立鸡群"的味道。但这并非是我要显示与邻人不同的品位而有意为之，因为它已先我而亭亭玉立了上百年。

我上辈子可能是食肉动物，顿顿吃肉也不嫌絮烦。所以要做到苏东坡那样，宁可食无肉，不可居无竹——牺牲这么迫切的感官欲望以迁就精神需求，在我，还真不敢说这样的大话。

我的故园倒有半庭竹子，在我的故乡又是只此一家的，所以颇有点"鹤立鸡群"的味道。但这并非是我要显示与邻人不同的

品位而有意为之，因为它已先我而亭亭玉立了上百年。我不知道是我哪位附庸风雅的先人所手植，并曾对着它焚香默坐、弹琴咏诗。我只知道当我一睁开眼来到这个世界上，它便在窗外飒飒有声、枝叶摇曳地欢迎我。它的存在是我生命里天定的一项内容，由不得我做什么选择。它引来鸟雀做巢，使我在孤单的日子里有婉转的鸟鸣做伴。作为回报，我每天清扫它根部的鸟粪——其实根本算不上回报，因为鸟粪在它是养料，只有在我才是有碍观瞻的异物。我和它朝夕相对，像牙齿和牙龈一样熟悉，可也就是熟悉而已，好比毫不懂艺术的子孙继承了祖先一幅价值连城的古画，他是它的拥有者，可是，他真的拥有它吗？所以，我决不像林黛玉，因爱几竿竹子，就想着潇湘馆好。相反，我是因为想到故园——故园不是空壳子，它有具体内容——想到故园里一株迎春、一畦从来没见过开花的老芍药、几棵招不来凤凰却招来高声鸣唱的蝉的梧桐树，然后，自然而然地想到，竹。

　　我十三岁离开故乡。因着人们的普遍心理，如一位外国作家所言的：生活在别处，我脚底生风、义无反顾地走向异乡。没有任何留恋能羁绊我的脚步，何况是感情淡淡的竹。然而，我们背起行囊跋山涉水到远方寻找精神家园，有时候在陌生的异乡找到了，有时候却发现被我们背弃的故乡正是我们躁动的灵魂唯一的栖息地。我站在远离故乡的、喧嚣忙碌的都市的街头，像钢筋混凝土里突兀地冒出的一棵庄稼。现实与理想的巨大反差使我变得惶惑而疲惫，但年少气盛的我怎么肯承认我的起点其实就是我要寻找的终点呢？

在漂泊异乡的岁月中，竹像故园的影子，时时出现在我因面对陌生世界而变得茫然的眼睛里，这种我一度熟识到漠视的植物，在异地见了，却新鲜物似的，使我心中不由一动，忍不住驻足仔细观望。每次我都失望地摇摇头，无意识地重复同一句话："喔，没有我家的竹子绿呢！"朋友说："那是'月是故乡明'的心理在作怪，你想家了。"我偏头一想，心里知道是被他点中要害了，嘴上却不置可否。

燕园到处有竹。曲径通幽处，一丛一簇的，使我时时有机会重复这句话："喔，没有我家的竹子绿呢！"那一天接到家里来信，说是因为故乡规划街道的缘故，我家那苍苔露冷、翠竹生凉的故园被一条宽阔的柏油马路取而代之。我的老母亲面对被夷为平地的故园自是心疼万分，然而，有谁会因为怜惜你家几竿竹子而改变道路的去向呢？我听了这个消息，怔忡了一会儿，想，总之不会回去住了，也没什么可惋惜的。可一整天心情都很怅惘。想不到竹消失的消息会像锉子一样锉伤一直宣称不爱竹的我的心。到了晚上，和同学晓鹃散步至后湖。未名湖是亭台楼榭、小桥流水的热闹处，而后湖是热闹里的一点荒凉，陪伴我们的只有空明的月色和斑驳的树影。行至一片幽深的竹林边，几只宿鸟栖鸦不知为月明还是为我们的脚步声所惊，扑棱棱掠到山那边去了。竹梢晃动，竹叶飒飒响。竹林深处那间古香古色的小屋，红木窗棂一格一格映出黄荧荧的灯光，很有点"独坐幽篁里，弹琴复长啸。深林人不知，明月来相照"的意境。不知道静静下垂的窗帘后面隐居着一位怎样的高士。晓鹃生于斯长于斯，每次说起燕园的掌故都是如数家珍。她说在此居住的是一位意大利老太太，她二十几岁来华，到了燕园，独身一人在此，一住就是七十年。

我背对竹林，手扶湖边的栏杆，望着揉碎了月光的脉脉的流水，想，一个意大利姑娘，抛弃了都市的繁华，漂洋过海寻找她的家。她来到中国，来到燕园，来到燕园后湖边，来到后湖边的竹林深处，她只看一眼就知道就是这里了，从此她做了中国的隐士。为了竹，她抛弃了尘世的灯红酒绿，还有青春，还有爱情。可是又有什么关系呢？毕竟她找到了她最想要的东西。可我又能到哪里去找我的竹林呢？

　　我抬起日渐疲惫的目光，对着静静流泻的月光，终于对自己承认，我想家了。我以从没有过的柔情想到故园的竹。记忆像春雨一样洗濯着竹叶上的层层尘埃，使它更加郁郁葱葱。我记得每个雪霁之日，太阳妖娆红艳，白雪皑皑，饥饿的麻雀自竹枝间飞下，如小墨滴滴落在雪地之上，叽叽喳喳叫成一片。雪压竹林，起伏错落的洁白，偶露一点苍翠。然而这美景从此只能定格在记忆深处，即便我真的回到故园，也没有竹飒然有声、枝叶婆娑地欢迎我了。我只能这样安慰自己：世界上的水都是相通的，世界上的竹也应该是相通的吧，即使我在天涯海角见了竹，也仿佛见到故园的竹不死的魂，使我的心时时感到欣慰。

梨

题记

> 夜色像舒缓的音乐渐渐弥漫了天与地，三个小黑点，像黑色的音符跳动在无边的旷野上，在无边的秋风中。

那年，一整个夏天，我和彩云、小艾她们都在寻找蝉蜕。

蝉从它幼虫背上的一条缝里钻出来，扇动着娇嫩的浅绿色的翅子飞走了，把壳留在树干、枝叶上。我们村的人管这壳叫"知了皮"。

我还是头一次知道这小小的壳能卖钱。那天我去镇上供销社打酱油，看见门前挂的小黑板上用白粉笔工工整整写着一行字：

"收购知了皮，一分钱一个。"我看了还不大相信，去问售货员，得到了肯定的答复，而且人家还告诉我知了皮是一种药，能治病。想不到自己从小捏着玩的小壳壳能耐这么大咧！我走在铺洒着太阳余晖的青石板路上，心窝窝里贮满欢喜和惊异。因为急着要把这好消息告诉小伙伴彩云和小艾，好几次我都差点被脚下的碎砖头绊倒，摔了酱油瓶子。

当我们放了学，做完作业，拌好鸡食、猪食，帮着爹娘把晒在场院的麦子收回家，给生产队的牲口割好草，我们就开始了细致的搜寻工作。从村里的梧桐、槐树到村外沟边河沿的灌木丛，都接受过我们的眼睛一丝不苟的检查。直到秋风渐凉，蝉的歌唱渐高渐远，再也听不见了，我的小木盒里已经整整齐齐码了五十个知了皮。彩云、小艾她们也足足攒了三十个。我们从娘的针线笸箩里拿来针和白线，将知了皮一个一个小心翼翼地穿成串，喜滋滋地看着，抚摸着，仿佛母亲看她的新生婴儿一样。

当我踮着脚从售货员手里接过一张五毛钱的票子时，简直都有点头晕目眩的感觉。这是我平生第一次赚钱，属于自己的，想用它买什么就买什么，别人管不着，属于自己的！虽然是一张脏乎乎的票子，经过千万个人的手的摩挲，简直已无法认清上面的图案和颜色，中间还有一条歪歪扭扭像蚰蜒的裂缝，用一小条马粪纸马马虎虎粘住的，但是五毛钱就是五毛钱！它意味着五十粒亮晶晶的水果糖、一斤半香喷喷的瓜子、五丈红头绳、五本田字格作业本！真是的，都上两年学了，我还没用过一本正规的作业本，都是买一张白纸拿剪刀裁一裁订成本子用……一个小姑娘的梦想有什么是不能用这五毛钱来完成的呢？

我把它举到太阳光下，仔仔细细地又看了又看，似乎还不能相信这五毛钱已经属于我了。一年多来埋在我心底的愿望终于可以实现了！我小心地把钱叠好又展开，展开又叠好，最后放进小褂口袋里。口袋太浅，我不放心地拍一拍，生怕它不翼而飞，每隔几秒钟就拍一次。尽管我是个极心细的女孩子，从来没有丢过东西，但是，万一呢？

彩云和小艾的钱已经变成一堆五光十色的东西摊在我的面前，闪着极具诱惑力的光芒。水果糖，光那花花绿绿的糖纸就足以让我咽口水的啦，更不用说颗粒饱满的瓜子，我感觉到自己几个月没沾过荤腥的枯肠已不争气地在蠢蠢欲动。

彩云问："你怎么什么也不买？"

我低下头，脸红了："我……我……我家的盐罐里一粒盐也没有了。我……我留着买盐……"

彩云大方地把握满瓜子的手伸到我的眼皮底下："你吃我的吧。"

自己不买吃人家的，总觉不好意思，虽然是好伙伴，但是……我摇摇头："我不吃呢，娘说吃瓜子、吃糖都容易上火，你看看——"我用手指指嘴角给彩云看，上面有几个小泡泡。彩云就不再推让。然而那糖，那一碰就"嚓嚓"脆响的玻璃糖纸，我盯着瞧，抚摸了一次又一次："真好看，真好看。"小艾说："好看就给你，这种糖纸我有一张了。"说完就把一粒糖纸上印着孙猴子挥舞金箍棒的糖塞到我手里。我不再推辞，许诺说要给彩云、小艾每人一只新毽子。

彩云、小艾一边吃着一边回家去了，我往她们相反的方向蹭了几步，回头看看她们走远了，就返回柜台。不过我不是买糖果，我买了一只个头儿很大的梨。这是一只莱阳梨，金灿灿的。一咬保准满嘴儿甜水，嘎嘣利落脆的，一点渣子也不会有。

一条曲曲折折的小路，两旁的篱笆都倒了，上面牵牵绊绊的喇叭花，蓝色的、粉红的，在向晚的风里窸窸窣窣地抖着。我瘦小的身影在小路上移动，远远看上去，像一只小蚂蚁。可是每一步我都走得稳稳当当，把地踩得咚咚响。小路的尽头是一片坟地，小时候每次从这儿经过，我心里都凉飕飕的，不时回头看看身后，仿佛怕真的有鬼扯住我的衣襟。自从姥姥埋在这里后，我就不怕了，反而常常绕到这里来。看看那座新添的坟，坟头纸已经被雨洗褪了颜色，青草渐渐漫上来。那座无言的坟，我觉得也许再过一会儿姥姥就会从里面走出来，踮着她的小脚，像往常那样喊我回家吃饭。

姥姥去世有一年多了。我是姥姥一把屎一把尿地带大的。我生下时正值冬天，乡下人没有火炉，也不舍得用柴火烧炕，姥姥怕我冷，就一天到晚把我捂到怀里暖着。这些都是娘后来告诉我的，她一边说一边擤鼻涕，擦眼泪。

姥姥有哮喘病，一喘就憋得脸红脖子粗的，透不过气来。姥姥往上喘，我的心就往下掉，以至于我后背的衣衫常常会湿一大片。姥姥七十岁时得了大便秘结症，死活拉不出屎，我就替她抠。

娘说："姥姥的屎臭不臭？"

我大声说："不臭。"

娘说："自己的亲骨肉还能嫌臭吗？小时候你拉了屎，你姥姥都喜欢得趴上去闻，不舍得倒掉。"

那一天娘带我去看姥姥，姥姥正在纺棉花。屋外天寒地冻，西北风顺着门缝咻溜溜钻进来，直往人脖子里灌。

娘说："大冬天的，纺什么线？仔细着凉，又得喘。"

姥姥说："闲不住啊，就是手脚不大麻利啦，纺得慢。"她又指指纺好的一团线，说："你们看看，上面尽是疙瘩，人老不中用啦。"

姥姥以前是纺线好手，纺车的嗡嗡声是我童年久听不厌的音乐。彩色的线在飞舞，又细又匀，姥姥的手灵巧地上下翻动。现在这双手老了，哆哆嗦嗦的，长满了老年斑。

我掉下了眼泪："姥姥不要干活了。"

姥姥说："傻孩子，挣一个算一个，你看你面黄肌瘦的，吃不进饭，一定是身上有病。"她颤巍巍地从怀里掏出两块钱，塞到娘手里："拿去给她抓服中药吃，好好调养调养，可不能耽误了。"

娘往外推钱："我咋能要您的钱？你自己还七灾八难的，喘得那么厉害，连瓶子甘草合剂都不舍得买，还攒钱给我。"

姥姥发怒道："七十三八十四，阎王不叫自己去，我都七十二的人了，就是死也不吃亏了，还吃什么药？"

两人推让了好一阵子，娘到底拗不过姥姥，只得含泪把钱接了。

后来我就用姥姥给的钱去看了中医，抓了几服中药吃了，果然见效，脸色也红润了不少。可姥姥的哮喘却越来越厉害，第二年的秋天就撒手西去了。

姥姥去世那天咳嗽得厉害，简直是一声接一声。娘和我去看她。我感冒了，也咳嗽。娘给姥姥买了梨，递上去，说："娘，您吃点梨压压咳嗽吧，莱阳梨，脆着呢，甜着呢。"

姥姥接过来却又递给我："你吃！我都快入土的人了，吃了也是糟蹋东西。你快吃下，治好了咳嗽好上学去。"

我不接。姥姥就变了脸。姥姥从没有朝我发过火的。姥姥一定要我吃下去。

我就当着姥姥的面，一口一口把梨吃了，一边吃一边流眼泪。姥姥却笑了："梨是治咳嗽的好东西，你吃了就好了。"

我轻轻地把梨子放在姥姥的坟前："姥姥，你吃吧。这是我用自己赚来的钱买的。"我话音未落，突然有两只手从背后伸过来，一只手把一粒糖放在了梨的左边，一只手把掌心里一小撮瓜子放在了梨的右边。我猛一回头，在我的身后，背对着云霞静静地站立着彩云、小艾，就像晨雾中的黄麻湿漉漉的叶子，她俩的脸被亮晶晶的泪水浸润着。

彩云拉拉我的胳膊："看你一整天都心不在焉的，就知道是有事情呢。"

小艾说："快起来吧，老师说过了，人死了就什么也不知道了，是……是……吃不到的。"

"我知道呢！我知道呢！"我汹汹地叫起来，那憋了一天的呜咽就一阵紧似一阵了。

夜色像舒缓的音乐渐渐弥漫了天与地，三个小黑点，像黑色的音符跳动在无边的旷野上，在无边的秋风中。

离家人的行囊

题 记

　　不知道他们的背囊里是不是像我一样，有许多不值几个钱、却是由妈妈一样一样亲手打理放进去的东西，带着浓浓的乡土气息，像蜗牛的壳，永远负在他们的背上，陪伴他们从一个陌生的城市流浪到另一个陌生的城市。

　　去年春节过后，我独自一人乘火车由山东老家返回北京。人小带的东西却多，大包小包的，像千手观音一样，好容易左拖右拽地挤上车，却无论如何没办法放到行李架上去。这时巧遇十年前曾教过我历史的中学老师，他虽然在家乡已是美妻娇儿，事业有成，然按捺不住一颗躁动的心，辞掉优越安适的机关工作，成为首都成千上万的打工者中的一员。当帮我把行李一件一件安顿好时，人高马大的他已是汗流浃背、气喘吁吁。他忍不住问道："这么重，都装了些什么宝贝？"我不好意思地说："我妈妈她什么都往里装……"老师听后，点点头，拍拍自己的牛仔背包："我这个也不轻啊，你知道这里装的是什么吗？馒头、酱。我爱人还洗好了一把葱，也要装进去，被我偷偷拿出来了。"我笑了起来——我的包里就有整整齐齐的一扎葱。

每次回家后要离开的前几天，妈妈就开始忙活起来。我们老家产一种套肠，大肠套小肠，味道臭臭的、野野的，我非常爱吃，一边大啖一边随口说了一句："北京就没有这种肠，那里产的肥肠也不怎么好吃。"妈妈听后立马出去买了五六斤让我带上，吓得我以后时刻保持高度警惕，再也不敢说爱吃什么了。然而妈妈总能从我的话里发现蛛丝马迹，我说北京的馒头再好也赶不上山东馒头香、筋道，于是每次离开时我的背包里准有一袋上好的馒头。

今年五一回家，我絮絮叨叨地向父母讲我们不久前组织作家

们到八达岭农场栽树，中午人家招待吃饭，全是玉米渣子汤、野菜什么的，大家吃得香得不得了。这话说过的第二天早晨，餐桌上就摆了一盘水灵灵、鲜嫩嫩的苦菜，妈妈说："吃吧，全市场就一家卖的，不够吃的话，等你走的时候再给你带上些。"我说免了吧，那旅行包早就填满了，什么葱、酱、单饼、火烧、烤排、皮蛋、煎咸花鱼、烤小咸鱼、虾皮、搓咸香椿……甚至还有挂面、饺子粉，难道北京就不卖挂面、饺子粉吗？妈妈理直气壮地辩解道："北京什么都有，可是你工作忙，又懒，不出去买，你也一样吃不到。"

我望着妈妈不停忙碌着的双手和她花白的头发，说："带这么多，也吃不了啊，我又不是在外面逃难，吃得并不差啊。"妈妈并不回头："你就不要管了，你就让我装吧，你在外吃得再好，不是娘亲手给你做的，娘就觉得你吃不好。这些你拿去，吃不了你扔也好送人也好我不管，你要是什么也不带，你走后，我心里头难受，两三个月都缓不过劲来。"

儿行千里母担忧。每次坐火车——现在的火车是一天比一天挤了，过道里总是水泄不通，空气中烟味、汗味、脚臭味混杂，简直令人窒息——望着那些背着被子、提着大编织袋的打工者，我在焦躁里又心生感动，不知道他们的背囊里是不是像我一样，有许多不值几个钱、却是由妈妈一样一样亲手打理放进去的东西，带着浓浓的乡土气息，像蜗牛的壳，永远负在他们的背上，陪伴他们从一个陌生的城市流浪到另一个陌生的城市。

年轻人总是喜欢轻装出行，过去我也总觉得妈妈"麻烦"。然而，随着年岁渐长，随着在外漂泊日久，我渐渐体会到，离家人的行囊装满乡情、装满母爱、装满亲人无尽的牵挂。里面的瓶瓶罐罐，琐细的、家常的，也许没有鲜花那么美，那么浪漫，却沉甸甸的，给在人生泥泞路上跋涉的人以温暖和勇气。

我要买下全世界所有的鸡

题 记

> 是否可以给孩子一个更为诗意的童年，可以让他们对这个世界充满爱心，并因为这份爱心去努力，去奋斗，去不懈地改变一切生命中的不平等、不人道的现象呢？

有一次我带女儿去菜市场买菜。菜市场最脏乱、最逼仄的角落里堆着很多的铁笼子，铁笼子上粘着很多的鸡毛和黄色的鸡粪，散发出浓浓的臭味。不用说，笼子里关着的是一只只待宰的鸡。

那一年我女儿四岁，她看到后很惊异，问我："妈妈，为什么要把鸡关在笼子里?"我说:"因为这些是要卖掉的鸡呀,不关在笼子里它们会跑掉的。"

"为什么要把它们卖掉呀?"

"因为人们要买去吃鸡肉呀。"

女儿的眼睛睁得越来越大,最后,她抬起小脸,用哀求的眼神看着我,小手摇摇我的袖子:"妈妈,我们把所有的鸡都买下,放掉吧。"

卖鸡的和其他卖菜的人,听后都笑了起来。

我不知道该怎么回答女儿,想了想说:"妈妈没有那么多钱。"

"我储蓄罐里有很多钱呢,我回家去拿。"

"啊,你那些钱也远远不够。而且,我们就算买下这些鸡,还会有其他的鸡被卖掉,我们不可能拯救下天底下所有的鸡。"

从菜市场回来后,女儿搬出她的图画书,翻开有鸡的那些画面。在那些画面上,鸡们在碧绿的草丛中悠闲地走来走去,时不时低下头,啄虫子。尾巴闪着五颜六色光泽的公鸡在打鸣,母鸡蹲在地上下蛋。女儿指着图画书中的鸡们说:"鸡应该在田野里跑来跑去,不能把它们关在笼子里。"

　　这件事过去了很久很久，久到我已经把它淡忘了。有一天，我去参加女儿学校的公开课，那时候，女儿已经上一年级了。我女儿的学校是一所收费比较昂贵的学校，能够看出，校方为了对得起家长们在经济上不菲的付出，对公开课准备得特别精心。第一节是语文课，老师讲解课文，是一篇和人生理想有关的课文。讲完后，老师问大家长大了想干什么。

　　孩子们的手"唰"地举起来，像一片整齐的森林。很多孩子的名字被叫到，他们的回答都让老师露出了满意的笑容。不用说，他们的理想都很远大：有的想当科学家，有的想当医生，有的想当宇航员……而想赚很多很多钱、买大别墅、买大汽车的孩子占的比例最多。每一个孩子回答完毕后，老师都笑容满面地朝孩子竖起大拇指："你真棒!"

　　终于，我女儿的名字从老师的嘴里蹦出来。那个时候语文课已经接近尾声，在孩子们五彩斑斓的梦想中，这堂公开课即将漂亮地结束。

　　我女儿站起来，她的声音很响亮，响亮到在教室里的任何一个角落都能清清楚楚地听到："我长大了要赚很多很多钱，然后买下全世界所有的鸡——"

这个回答可能出乎老师的预料，不过老师毕竟有很多年的教学经验，她微微一怔后，脸上马上恢复了笑容："啊，你想买下全世界所有的鸡，建全世界最大的养鸡场吗？"

"不！我要把它们全放掉，让它们——"

也许是老师没有听清女儿的回答，她自顾自地说："啊，成立一个养鸡场也很不错，那样的话，我们去肯德基、麦当劳吃烤鸡翅的时候，说不定正好能吃到你的养鸡场出产的鸡呢。"

"不，我是要把鸡们都放——"

女儿的话还没有说完，老师已经抬手示意她坐下了。

我突然记起了菜市场和菜市场关在笼子里的鸡。两年过去了，我以为我女儿早就忘了，原来她从来没有忘。

下课后，女儿跑过来，她还惦记着她的鸡："妈妈！我买鸡不是要办养鸡场，不是要把它们杀掉，我要把它们都放到田野里去，让它们都自由自在地跑来跑去。"

"我知道，"我拍拍她的头说，"老师只是没有完全听清你的话，如果听清了，我相信老师也会认为你拥有一个最伟大的梦想。

"可是老师没有对我说'你真棒'。"

"哦……其实，老师想对你说的是'你最棒'，可能是老师给忘啦。这个你可得原谅老师，老师偶尔也会忘记自己要做的事情，就像你，你今天早晨不也忘记带算术练习本了吗？"

女儿想了想，点点头，高兴地冲出了教室，冲到操场的阳光下，兴高采烈地和同学们玩去了。

至今，买下全世界的鸡仍然是我女儿最大的人生梦想。因为职业的缘故，我去过几家幼儿园，也去过几所学校，我听到老师和家长们谈论得更多的是让孩子们怎么考上重点小学、重点中学、重点大学，怎么成为一个成功人士，赚很多很多的钱。这些想法当然都没有错，但是，在这些比较功利、比较实际的想法之外，是否可以给孩子一个更为诗意的童年，可以让他们对这个世界充满爱心，并因为这份爱心去努力，去奋斗，去不懈地改变一切生命中的不平等、不人道的现象呢？

冰心先生说："有了爱，就有了一切。"也许，给孩子爱的教育，是一切教育的根本吧。

我不是你的仆人

题记

我知道小孩子都有从众的心理，人人都害怕被孤立，试想正在爱热闹、爱玩耍的年龄，如果谁都不跟你说话，谁都不跟你玩，那种孤独的滋味，谁能接受呢！

有一天，女儿放学回家后，苦着脸说："我们班的章菲，让我们给她当仆人。"章菲这个女生我见过，高高大大的，比班里其他女生至少高出一个头。

我很生气地说："她怎么能这样呢？这都什么年代了，还有'仆人'一词。"

女儿说："网络游戏里有。我们可以养很多小精灵，我们就是小精灵的主人，小精灵就是我们的仆人。不过，章菲不是从网络游戏里学来的。她在看了电视连续剧《文成公主》之后，说自己就是文成公主，文成公主有很多仆人，所以她就让我们当她的仆人。"

我无语。网络游戏和古装电视剧那么盛行，小孩子分辨力差，难免会模仿。

"那她让你们给她当仆人，都让你们干什么了呢？"

"也不干什么，她就是耍耍威风。她规定她可以随便给我们起外号，我们不能拒绝，因为我们是她的仆人；中午睡觉的时候，她睡上铺，如果掉了什么东西到地上，她就让我们去给她捡，也不管别人是不是已经睡着了。仆人一共分三级，一级仆人都是和她关系特别好的同学，关系还行的是二级，强拉入伙的是三级。一级仆人可以欺负别人。不过我才不白白受她们欺负呢。她用颜色给每个仆人起了名字，她自己喜欢粉色，所以她不让别人的名字里带'粉'这个字眼。有的女同学偷偷说她刻薄，因为她根本瞧不起她的仆人。总之，她就是很过分啦。"

我听了暗暗心惊，章菲不过是一个五年级的小小的女孩子，就已经心思这样缜密、行事这样飞扬跋扈了。

我说："她掉在地上的东西，你们帮她捡一下是应该的，同学之间应该互相帮忙，但当什么仆人是绝对不行的！不但不能当她的仆人，这一辈子都不能当任何人的仆人，因为我们所有人在人格上都是平等的。古装电视剧里演的都是古代的事情，那个时候人分等级，但现在这些不平等的现象早就消失了。网络游戏我没有玩过，但如果里面有什么主人、仆人的，那就不是什么好游戏，你一定不能受影响。"

女儿点点头。

我又问女儿，你们为什么要听她的?

女儿说："她拉拢了好多女同学，她常常给她们零食吃，还送她们小礼物，其他同学如果不听她的话，她就联合她的好朋友，把不听话的同学给孤立起来。"

我知道小孩子都有从众的心理，人人都害怕被孤立，试想正在爱热闹、爱玩耍的年龄，如果谁都不跟你说话，谁都不跟你玩，那种孤独的滋味，谁能接受呢!

我说，那你们为什么不去告诉老师。

"告诉老师有什么用？如果管用的话，那我们遇到问题都去找老师好了。老师才不会把这种事当成什么正经事儿来管呢。再说了，就算老师管了，批评了章菲，章菲一定会报复的。然后我们再去找老师告状，章菲再报复，她一定报复得越来越厉害，谁受得了？所以还是不要找老师为妙。"

我说："那你答应当她的仆人了吗？"

女儿迟疑了一下，说："还没有。"

我说："不管你答应没答应她，从明天起，你绝对不能给她当仆人。"

女儿犹豫了一下，问我："那她联合其他女同学孤立我怎么办？"

"就是被孤立了，也不能答应她。再说了，我就不相信所有女同学都能答应她。'

"如果她打我怎么办？"女儿的声音越来越小。

"如果她打你，我会去找她谈。你放心吧，妈妈一定会帮助的。如果你们不愿意告诉老师，那你们也可以自己想办法解决呀。我觉得不会每个女同学都愿意当她的仆人，你们可以联合起来抵抗她，人多力量大，只要你们团结起来，她就不敢再欺负你们了。试着去这样做吧。"

我不知道这样的事情算不算校园暴力，我想至少可以算是"软暴力"了吧。事实上，这样的事情并不是只此一件。尽管有家长和老师的监管，但孩子们有自己不为人知的规则和组织。大人们往往忽略了这一方面，就算是，孩子们之间发生了争吵、打架，也认为是小孩子在瞎闹。尤其是，我们总认为小孩子是天使，是白纸一张，不肯相信他们的身上、他们的性格中也有残忍的成分存在。我们也不大注意遭遇校园暴力会给孩子的心灵成长造成怎样的困扰。

后来，每隔几天，我就询问女儿一次，我希望让她感受到，在她感到恐惧和害怕的时候，她的身后是有可以信赖的、温暖的依靠的。但我又希望她能够通过自己的力量去解决难题，因为哪个父母也不可能护着儿女一辈子，总有一天，她需要独自面对人生中的一切风雨。还好，过了一段日子，女儿说："很多女同学都烦章菲了，大家都在反抗她。连和她结成联盟的同学，也有一个不跟她玩了。"我暗暗松了一口气。

现在的家长和老师都很忙，家长们忙着挣钱，老师们忙着提高升学率。真希望所有家长都能够忙里偷闲，挤出时间和孩子多沟通交流，看看他（她）在看什么电视节目，玩什么网络游戏，而这一切是否给他（她）带来了不良影响；看看他（她）是否受过或者正经受着校园暴力的威胁，用你们温暖的大手把孩子从阴影中牵到阳光下。而那些被升学率牵着鼻子走的老师们，也希望你们能更多地关心一下学生们，看看他们是否生活在一个安全、可靠的集体中。

神童啊，神童

题记

中国家长对待自己的孩子，就像爱买彩票的人对待彩票的态度——永远相信自己买的彩票能够中大奖。中国家长永远觉得自己的孩子是天才，即便不是天才，只要按照天才的模式培养，也能发生智商突变成为天才。

那个时候，我正要上小学，而我的哥哥则正为考大学奋力拼搏。那段时间报纸和电台连篇累牍地介绍一个神童：宁铂。据说他两岁半时会背三十多首毛泽东诗词，三岁时能数一百个数，四岁学会四百多个汉字，九岁能作诗，十三岁被中国科技大学少年班录取……宁铂成为我和哥哥的榜样，成为我们的紧箍咒，成为父母为我们树立的标杆。每当我们追逐打闹的时候，父母就会用恨铁不成钢的口气说："你看看人家宁铂……"

宁铂。宁铂。宁铂。

为了检验我们是不是神童，父母让我和哥哥用五分钟背会郭小川的诗歌《青纱帐——甘蔗林》。哥哥是狡猾的，他故作谦虚，让我先背，我那个时候还没有学会默读，就一遍一遍地大声朗读：青纱帐啊青纱帐，甘蔗林啊甘蔗林，青纱帐甘蔗林，甘蔗林青纱帐……我完全迷失在茂盛的青纱帐和甘蔗林里，别说五分钟了，就是五十分钟看来也不可能走出来了。这个时候，哥哥突然打了一个"停"的手势，他得意扬扬地说："我已经背下来了。"想想吧，哥哥只是听了几遍就会背了，而我颠三倒四地背了好多遍依旧记不住，我当然被父母气急败坏地定义为不折不扣的笨蛋，记得那一次我的泪水喷涌而出。

哥哥十五岁就考上了大学，虽然在周围人眼里也算是神童了，但我父母并不满足——还不像人家宁铂那么神乎其神，是不是？于是他们把目光都聚焦到了我的身上。他们规定我考的大学必须比哥哥考得好，理由是哥哥上学那阵子碰上"文化大革命"，抓得不够紧，因此没能进北大清华什么的，而我则是从小一点都没耽误，理应考上最好的大学——他们才不管我是个连《青纱帐——甘蔗林》都背不下来的笨蛋。他们想让你成为神童，你就得成为神童。于是自打我上小学起，父母就替我瞄准了"北京大学"，这让我觉得如果自己考不上北大，就该像项羽一样无颜见江东父老，自杀谢罪算了。

记得上小学五年级的时候，期中考试我考了第二名，立刻吓得大哭起来。我的同桌很惊讶，她不知道，我母亲规定我只能考第一，考第二就是彻头彻尾的失败。回家以后，我跟母亲说我是第一，然后心里就天天敲小鼓，怕老师来家访，怕母亲碰巧遇到我的老师，怕母亲突然到学校来……直到期末考试我重新夺回第一之后，紧绷的神经才慢慢放松下来。

上高中后第一次物理测验，我才考了七十八分，这个分数一下子把我打到了冰窖里，回家不敢跟父母讲。那时候哥哥已经大学毕业在别的城市工作了，我写信告诉了他。他很快就回了信，在信中他回忆了自己很多的趣事。小时候他因为没人看管，四岁的时候就糊里糊涂跟着小伙伴们上了一年级。他上的第一堂课就是算术考试，最简单的"1"加"1"等于几，"2"加"1"等于几的那种，但他没学过不会算啊，扭头看看同桌写的，"1"加"1"等于"2"，好！于是他就把所有的算式都写成了等于"2"，等到试卷发下来一看，除了一个对号，其他的全是大红叉。初二第一次物理考试，他才考了二十三分，尽管后来他多次夺取我们市物理竞赛一等奖，但他的第一次物理考试，的确只得了二十三分。他的回信让我心里稍稍好受了一些，毕竟就连"神童"也不能免遭"滑铁卢"，尽管在外人眼里，他们天资聪颖，无往不胜。

哥哥的职业是老师，每年寒暑假都能回家。半年不见面，我们自然是亲热得不得了。母亲却在旁边不停地催促："别聊天了，别聊天了，多耽误工夫啊，等你考上大学之后再聊。"人算不如天算，我上高三那年，哥哥患上癌症去世了——我们曾经朝朝暮暮地相处过，却从未尽兴地聊过天，每次总是在母亲"等考上大学之后"的唠叨声中草草收场。把所有的事情都放到一边，在十八岁以前的人生里就只有一个高考，这是很多中国孩子的命运吧。然而，人生的很多事情，却是不能等待的。

后来，我确实收到了北京大学的通知书。在我之前的想象中，考上北大我会兴奋，兴奋到像范进中举一样癫狂。然而，没有。当我从招生办工作人员手中接过北大录取通知书的时候，我的心情非常平静，因为付出了太多，当得到的时候，感觉竟是麻木的，已然失去了品尝幸福的能力。

在我成年以后，几乎把宁铂遗忘了的时候，2003年我偶尔翻看报纸，有报道说他当了和尚。这一年他三十九岁，正到了人生不惑的年龄。

神童陨落了，然而中国人的"神童情结"却永无止息。很多年以后，我的女儿也到了上学年龄。在小升初的高压之下，我也不得不把她送进补习班。她们班上也有一个小神童，是她的幼儿园同学，和我女儿同龄，但是这个男孩已经考上北京某重点中学的少年班，他将在十四岁的时候结束中学学业，和普通的高三学生一起参加高考。每次上课都是他的父亲带他来，每次他的父亲都忍不住要跟我们讲他又获得了什么比赛的冠军，最近还被选入了教育部的"翱翔计划"，他将跟着一个北京师范大学的教授做课题。这个小男生如今才十一岁多一点。

他是他父母的骄傲和快乐。他的父母脸上永远洋溢着一种买彩票中了头奖的神情。他却是其他同学的负担。我明显感觉到女儿的压力，因为他是我女儿的同桌。想一想吧，旁边坐着一个神童，他和你一样的年龄，你还在为小升初挣扎，可人家已经在科学的天空里"翱翔"了，人家马上就是少年大学生了。我女儿从来都小心翼翼地不提这位小神童的名字。我想她大约有点像当初的我吧，我们都是这一类人，自己不是神童，却是神童们的妹妹或者同学，我们不得不努力把自己"改造"成神童。然而我们的处境并不是最糟的。叶梦得在《避暑录话》里讲了这么一个故事：北宋元丰年间，饶州出了位叫朱天赐的神童，因为很小就能熟读经书便做了官。于是，附近的老百姓纷纷仿效，他们花大价钱请了先生来，但又怕孩子们贪玩不好好学，就把他们放进竹篮，然后把竹篮吊在树上，让他们与外界隔绝，一天到晚地背五经。

比起今天逼着孩子上补习班的家长们，我们的古人似乎更具想象力，把孩子放进竹篮吊在树上，这样的创意，你想得出吗？所以，也不要再抱怨家长了，对于神童的向往，早就镌刻在了我们祖先的基因里，一直流传至今。

中国家长对待自己的孩子，就像爱买彩票的人对待彩票的态度——永远相信自己买的彩票能够中大奖。中国家长永远觉得自己的孩子是天才，即便不是天才，只要按照天才的模式培养，也能发生智商突变成为天才。然而天才毕竟像彩票中奖一样，只是偶尔的几个，不可能像萝卜白菜那样一大堆。一批神童消逝了，另一批神童在人们狂热、期许的目光中被制造了出来，至于神童本人是否活得快乐，只有天知道！

栖息在文化深处的故乡

题 记

> 文化是一个民族的灵魂，文化携带着生活在一方的人们共同的精神密码。故乡的文化曾点点滴滴散乱在我的记忆里。

住在故乡的时候并不觉得故乡有文化。法国诗人兰波说：生活在别处。其实在一个年轻人眼中，文化也在别处，在踮着脚尖望也望不到的远方，于是他们背上行囊头也不回地离开，留给故乡一个决绝的背影。落叶对根的情意总是在中年之后日渐明晰，我在不惑之年蓦然回首，才惊觉故乡高密如一叶小舟，始终行驶在文化海洋的深处。

　　小时候一直住在外婆的庄子上，一个叫三教堂的小村子。沿着村前的小路往东走一两里，就是以泥塑闻名的聂家庄。沿着村后的路往北走三四里就到了姜庄镇，那里是扑灰年画的发源地。那时候三教堂属于李仙大队。我不知道别处过着什么样的日子，反正李仙大队的生活算是富足的，建了敬老院，还建了戏院。平时戏院演电影，每到春节，总有来自山东各地的剧团在这里演出，京剧吕剧茂腔黄梅戏，白天黑夜地唱，一路就唱到正月十五。演出以茂腔居多。每到了演出季，我就和女伴们昏天黑地地待在戏院里。我们听茂腔《赵美蓉观灯》《罗衫记》，听到烂熟于心，至今我还能唱出某些片段。剪纸就更不用说了，村里大姑娘小媳妇，再手拙的人也能剪出个花儿朵儿的。

　　前几日，当我拿到《国家级非物质文化遗产高密民艺四宝》这套书时，我就笑，就想：聂家庄泥塑、扑灰年画、剪纸、茂腔，高密这四样宝贝，样样都和我的童年近得不能再近了呢，近得都让我身在"宝"中不知"宝"了。记得小时候，每逢过年过节，聂家庄人总是挎着一篮子摇啦猴、泥老虎来村里卖，我们这些淘气的小孩子就用一种戏谑的语气朝着人家唱："聂家庄，朝南

门，家家户户捏泥人。"我们想把卖的人唱羞，想看到他（她）的局促、窘迫，这多半出于孩子式的恶作剧心理，另一方面也是因为我们离聂家庄泥塑太近了，近得失去了敬畏感，谁家的炕头上没有一只两只会"啊呜""啊呜"叫的泥老虎？谁小时候没玩过摇啦猴？抹得桃红柳绿的，那热闹的颜色和夸张的造型。正如仆人眼里无伟人一样，生活在文化里面的人反而看不到文化，也不以之为意。如今那些沉睡的记忆都被这套书一一唤醒，隔着迢递的时空回望故乡和童年，只感到鼻酸眼热。

我记得纵然有了戏院，可以斯文地坐在座位上，像城里人一样一排排地、整齐地、有秩序地看戏，但那种在野地里扎的戏台子，那些土生土长的杂凑的戏班子，那种站在野地里挤得里三层外三层看戏的方式，依然有一种辛辣的、野性的吸引力。

那是初冬的一天夜里，高密冬天的北风如刀子般刚硬锋利，然而却切割不了母亲看戏的热情。她不知道从哪里听说韩家屯有戏班子来，虽然白天已经忙了一整天，却连晚饭都顾不上吃，背起年幼的我就去听戏。我记得到那里有三四里路，要经过一段没有村庄的荒野，我在母亲的背上听到她因为恐惧而放大了的"咻咻"的呼吸声，但恐惧、寒冷和疲惫依旧阻止不了她对戏的渴望。那天晚上演的是茂腔《梁山伯与祝英台》，在戏的尾声，天上飘起了雪花，如无数的白蝴蝶在苍蓝的天空下飞舞，就宛如梁祝真的化蝶而去。那个时候整个世界都是黑的，只有在这个小小的戏台周围，汽灯照出了一小团炫目的光亮，人们如飞蛾一般从四里八乡扑向这团光亮。

现在想想，这正是高密人的个性。春种秋收的劳累并不能压服他们对艺术对美的渴念。高密人是勤劳的，我初到北京的时候，发现这里商店都是上午九点之后才开门，我当时惊讶得足足有几十秒都合不拢嘴，高密人总是五六点钟就开始营业。高密人也是纯朴的，他们的脸上总有一种泥土的色泽和土地一样朴实的表情。他们不善言辞，远远地看上去他们内敛、保守、从不张扬。然而如果你肯深入田间地头，听一听那些在棉花地里摘棉花的妇女在说些什么，听一听那些扶着犁在翻地的男人们在议论些什么，你就能感受到他们的幽默，他们的活力，他们对茂腔、对一切民间艺术根深蒂固的爱。

高密人的内心对艺术有着细腻的感受力和创造力。他们把艺术融入了日常生活，艺术并不是凸显在日常生活之上，相反，艺术就是日常生活，日常生活就是艺术。大家都能看出扑灰年画有着文人画的神韵，在高密民间艺人的笔下，那些精致的高雅的艺术韵味，和民间质朴的情绪水乳交融在一起，飞向了千家万户。每到过年，家家户户窗旁、窗顶都会贴上年画，灶旁会贴上灶王老爷的像，桌上供着财神爷的像。窗纸上贴上剪纸，门楣上贴着"过门钱"——那也是另一种形式的剪纸。用来祭祀和摆供的隔板的上方，悬挂着"主子"，我一直不知道它的确切发音应该是什么，我在《高密的扑灰年画》一书里看到，它叫"家堂"，在上面要写上祖宗的名字，供后人祭拜。我能看出家人对于"家堂"的敬畏之心。年三十的下午，母亲会神情庄重地把"家堂"挂好，当然她不是说"挂"，她说"请"。在我的眼里这不过是在挂一幅画；在她的眼里，这是在请列祖列宗，所以她说"请主子"。敬天敬地敬祖宗，这是高密人内心的又一种虔诚。所以扑灰年画既是一种民间艺术，又和高密人的情感紧紧联系在一起，它承载着高密人的审美，也承载着高密人的信仰。

文化是一个民族的灵魂，文化携带着生活在一方的人们共同的精神密码。故乡的文化曾点点滴滴散落在我的记忆里，如今，它们被精心整理成书，让人们从理性的高度，更完整和详细地看清楚自己的根，看清楚在文化的背后所蕴藏着的一种坚韧的、倔强的性格和灵魂，看清楚自己的来历——昨天、今天和明天。

碰到不熟悉的人，有时候人家会问我："你是哪里人?"

我说："山东高密人。"

人家就会眼睛一亮："你是莫言的老乡啊!"

我希望在不久的将来，人家一听到"高密"，除了"莫言"，还会一口喊出"高密四宝"。

戒烟条约

题 记

> 我还是不抬头，不吱声，眼泪大滴大滴落到地上，不知道是在生爸爸的气呢，还是在生自己的气。
>
> 反正啊，小时候，我本来就是个爱掉眼泪的小"哭瓜"。

小时候，我很愿意看爸爸抽烟。他的大烟斗像烟囱一样呼呼往外冒青烟儿，多好玩！于是我就喊他"烟斗爸爸"。

妈妈一直是坚定不移的戒烟派，她像讨厌苍蝇蚊子一样讨厌爸爸吸烟。有时她会把爸爸的零花钱全部没收，并且随时都可能对她认为有藏烟嫌疑的地方进行搜查，这样，爸爸不但没有买烟的钱，就是偶尔得了盒烟也没处藏。出于对爸爸的同情，我常常把自己储蓄罐里的钱贡献给他，并帮他把买来的烟藏在自己那个有拉链的小布熊的肚子里。幸运的是，妈妈一次也没发现过！唉，她怎么会想到女儿原来是她身边的一个"小奸细"呢！

后来，我知道烟里含有尼古丁，对身体健康有害，就再也不当爸爸的"同谋犯"了，还帮着妈妈一起动员爸爸，让他戒烟。

一个星期天，我故意紧绷着脸，向烟斗爸爸下了最后通牒："说吧，你是要烟斗，还是要女儿！"

烟斗爸爸眨巴着眼，可怜兮兮地看着我，头摇了三摇："看在我们这么多年交情的份上，难道你就不能放爸爸一马？"

我的脸板得跟铁块一样："不行！"

烟斗爸爸终于举起双手投降，无可奈何地向陪伴了他二十年的烟斗说"拜拜"了。他向我表"决心"道："一位作家曾经说过'戒烟很容易，我已经戒过很多次了'，不过，只要女儿让我戒，再难我也要戒掉！"

我一听高兴坏了，刚才我心里还在打小鼓呢：要是爸爸坚决不戒怎么办呢？我可不舍得真的不理他呢。

我兴奋地拍着手跳起来："哦！爸爸戒烟喽！爸爸戒烟喽！"

但我怕爸爸赖账，就说："不行！空口无凭，我们还是签一个条约吧。还有，你就是戒烟，以后我还是叫你烟斗爸爸，行不行？"

烟斗爸爸爽快地点点头："行啊，怎么个签法？"

"很简单，您就在纸上写上'我再也不吃烟了'，下面签上'烟斗爸爸'几个字就行了。"

"好咧，"烟斗爸爸很豪迈地挥挥手，"拿纸来！"

我从作业本上齐齐地撕下一条白纸，又从铅笔盒里拿了一支圆珠笔，一齐递给爸爸："写吧。"

烟斗爸爸像个小学生一样很认真地趴在桌上一笔一画地写着，嘴里还念念有词："我——再——也——不——吃——烟——了。好了，写完了，你要不要检查一遍？"他扬了扬纸条。

我很大气地摆摆手："不用了。"说完，我接过纸条，看都不看就折叠好，放进铅笔盒的底层。平时我就这样，考试卷子一做完就往老师那儿交，从来没有回头检查一遍的习惯。再加上我一贯粗枝大叶，不是忘了点小数点，就是把"3"看成"8"，把"鸟"写成"乌"，所以，我虽然学习还不错，但很少考过满分。

我"啪"地合上铅笔盒，得意地看着爸爸，说："我要是再发现你抽烟，我就——我就罚你站在黑屋子里，不能吃晚饭！"有一次，我考试没考好，妈妈就罚我站在黑屋子里，不让吃晚饭，而且不允许烟斗爸爸前去"解救"。

烟斗爸爸很轻松地笑道："好啊！只要发现我再抽烟，你爱怎么处罚就怎么处罚。"

谁知道，刚签了条约不到两个小时，烟斗爸爸又旁若无人地叼上烟斗了！而且还在我眼前晃来晃去，你说气不气人？我正在做作业，便生气地把铅笔扔在一边，结果把铅笔尖都杵断了。

"烟斗爸爸！"我气呼呼地嚷道，"难道你认为我是瞎子，看不见你抽烟吗？你为什么这么快就违反戒烟条约？"

"戒烟条约？我什么时候和你签过戒烟条约？"烟斗爸爸摊开双手，一副大惑不解的样子。

好啊，果然赖账了！幸好白纸黑字的条约就躺在铅笔盒底层呢，他想赖也赖不掉！我一声不吭，转身以最快的速度"噼里啪啦"打开铅笔盒，抽出纸条甩给爸爸："您自己看看吧。"

烟斗爸爸展开看了半天，茫然地看着我，说："这也不是戒烟条约啊！"

什么？怎么可能！刚刚签的嘛！真是活见鬼！我赶快抽回一看，你知道上面写的是什么？上面明明白白地写着：

我再也不吃糖了。

烟斗爸爸

我又羞又气，脸一下子变红了，后来简直憋成紫色的了。我头也不敢抬，眼泪直在眼眶里打转转。怪谁呢？本来以为自己胜券在握，抓住了爸爸的"把柄"，结果呢？因为自己粗心大意，当时不好好检查检查，让爸爸钻了空子。

烟斗爸爸眼看我要掉"金豆豆"了，就把烟斗伸到我眼皮底下，拍拍我的肩头说："看看，看看，里面并没有装烟，我是含着一支空烟斗逗你呢！我说戒烟就真的戒了，决不会骗你的。"接着，他又叹口气说："你呀你！你长大要是当了一家公司的经理，和外国人签合同，本来是'我公司从美国进口一批机器'，人家写成'我公司从美国进口一批垃圾'，你看都不看就签上名字，试试看，你们公司的员工一准把你扔到大西洋里去！"

我还是不抬头，不吱声，眼泪大滴大滴落到地上，不知道是在生爸爸的气呢，还是在生自己的气。反正啊，小时候，我本来就是个爱掉眼泪的小"哭瓜"。

写给女儿：没人能替你长大

题 记

> 比起买学区房、进重点校，更重要的是，我觉得得让孩子从小明白他得自己对自己的人生负责。而且经过自己的努力得来的果实，一定比别人给予的更甘甜，留下的印象更深刻，因而也会更珍惜。

从来都想不通为什么有那么多家长心心念念要买学区房——当然，那些钱多得不知道怎么花的土豪除外。可是我看到很多人家都是工薪阶层，辛辛苦苦攒钱就为了把孩子送进一所重点校：重点幼儿园，重点小学，重点初中，重点高中，重点大学……等孩子学业完成找工作娶妻生子，于是又一轮的循环——重点幼儿园、重点小学……开始了。循环往复，子子孙孙无穷尽焉。中国人最看重的就是"重点"二字，最信仰的就是"不能输在起跑线上"。

有一年，我给一群幼儿园园长讲课。我说："'不能输在起跑线上'这句话最害人，上幼儿园的孩子就该痛痛快快地玩，而不是抢着认字和学拼音。"这话还没说完，就差点被听众赶下台。因为园长们心里都清楚，如果她们按照我的话去办幼儿园，没一个家长会答应。家长们更喜欢幼儿园学小学的知识，小学学初中的，初中学高中的……总而言之，务必比别的孩子上的学校好，起步比别的孩子早，以保证这一辈子都走在别人前头。

从这个意义上讲，我肯定不是一个好妈妈，因为在女儿还很小的时候我就告诉她："你能考上哪所学校就上哪所学校，妈妈决不买学区房，也不会找关系或花钱赞助你上名校。这是你自己的事情，自己的事情自己负责。"类似的话还有："妈妈决不会去找你们的老师套近乎，你要学会自己和老师同学相处，遇到问题自己解决。"

听上去挺无情的吧？

　　不过我确实就是这样做的。她的小学就是我家隔壁一所普普通通的小学。初中是女儿自己去考的，考上了区里的一所重点校。当时她很想上北京四中，但实力不够，未能如愿，算是经历了一次小小的挫折，还挺刻骨铭心的，因为常听她发誓：高中非四中不上。临到中考，她本可直升本校，当时我心里很纠结，觉得本校也很不错，如果放弃直升，万一发挥失常，不但进不了心仪的学校，甚至连本校都上不了，到那时岂不悔之晚矣？我把担心跟女儿说了，她想了一个晚上，这样回我："我愿意承担最坏的后果。"既然这样，那就放手一搏吧，人生如果只求平稳，不敢冒险，那也没多大意思吧？

　　后来女儿终于得偿所愿，考上了北京四中。我很替她开心，不仅仅因为北京四中是赫赫有名的重点学校，满足了作为家长都会有的虚荣心，而且这个过程是个很好的历练——哪儿跌倒哪儿爬起来，最主要是靠自己的力量。

　　比起买学区房、进重点校，更重要的是，我觉得得让孩子从小明白他得自己对自己的人生负责。而且经过自己的努力得来的果实，一定比别人给予的更甘甜，留下的印象更深刻，因而也会更珍惜。

　　这样做并不是说对孩子放任自流，恰恰相反，我们应该站在孩子的身边，在他需要帮助的时候一定要义不容辞地帮助他。比如我女儿爱读书，这当然是好习惯，但是我发现，她都上小学五六年级了，还是只喜欢读童话。我当然希望她读一些科普类、人文社科类的作品，把阅读视野拓宽一些，然而书也给她买了，心也跟她谈了，就是不见她有什么行动。我不得不和她"斗智斗勇"，玩点小心计。有一天，我带回家一本科普书，向她"求助"，我告诉她我要参加一个研讨会，要就这本书发言，可我工作太忙，实在没时间看了，问她能不能帮我看一下，并且要看得要仔细，写下读后感，我参照她的读后感去发言。女儿果然"上当受骗"，因为能帮助大人去看一本书，让她很有成就感。就是通过类似的方式，我"骗"她读了好多她本不愿读而我又觉得她该读的书，直到她养成很好的阅读习惯。

　　我曾经在大街上目睹一个父亲撕毁了儿子的卷子，并怒斥儿子："怎么考这么点分？平时都干啥去了？"并且动手打了儿子。我当时怒不可遏，用我女儿的话说，就是自以为自己是个儿

童文学作家，就把天下的儿童都当成自己的孩子。我怒气冲冲地走过去，让那个父亲住手，并向他兜售我自己的经验："如果他考了八十分以上，你可以鼓励他靠自学或请教老师和同学，把不会的漏洞补上；如果他考了不到八十分，证明他出现了知识黑洞，靠他自己很难补上，需要家长或老师系统地帮他梳理补习。这时候他需要的是帮助，而不是责骂，骂是骂不会的，相反会让他更畏惧，更自卑，更不愿意去碰这一科，这样，黑洞会越来越大。"

我不知道这个父亲有没有听我的。但这确实是我的经验之谈：不要以为把孩子送进重点校或者送出国，当家长的就可以当甩手掌柜了。我们不需要无谓地为孩子烧钱，但在他们需要帮助的时候，我们一定坚定地站在他们身边，给他们切实有效的指点。

虽然女儿如愿以偿进了她中意的学校，但这并不能掩饰她成长中的问题。我发现她最大的毛病就是半途而废。她学过钢琴，后来没什么兴趣，放弃了。她画画不错，学过一阵子也放下了。喜欢过物理，也钟情过化学，最近宣称最爱的是生物。我总觉得，人要干成一件事，除了智商，比的就是耐力了，尤其是在枯燥乏味看不到成功的曙光的时候，也是最容易放弃的时候。在那些关键时刻，放弃了也就放弃了，但挺一挺，也就坚持下来了。

我发现了女儿写的一些小说草稿——有一些居然是在中考复习最紧张的阶段写的，想想都让人后怕和恼火。更让人恼火的是，几个故事都是半拉子工程，写在笔记本或演算纸上，东一句西一句的，没一个完整的。女儿虽然语文考过年级第一，但因为选择的是理科，从未把写作当成未来的志向。要改变她的痼习，从这件事入手，也是不错的选择。中考结束了，有一个长长的假期，学业相对没那么紧张，有足够的闲暇供她做完一件事情。

我于是跟她商量："你能不能利用假期把其中的一个故事写完？不是让你当作家，而是让你体验一下在写不下去想放弃时，该如何咬咬牙坚持下去，你就会体会到干事情如何做到有始有终。这或许能改掉你半途而废的毛病。"

她听从了我的话——或许她也苦恼于自己的弱点，只是不知道该怎么去克服。随后，她利用假期和业余时间把《心动周期》写了出来，其间修改了很多次。当然会遇到停笔不肯再写的时刻，那个时候，我会督促她，甚至跟她翻脸，逼迫她写下去。事实上，我不太相信教育孩子完全是一个其乐融融的过程，它一定有很煎熬的时候，只有你陪着她，既严厉又不离不弃地走在她的旁边，和她一起走过或长或短的生命的隧道，才能帮她重新回到阳光下。每一次的山重水复，都会增强她走向柳暗花明的信心和乐趣。

她的这篇稚嫩青涩的小说居然得到了出版的机会，当然首先要感谢出版社和辛勤的编辑们。我想，小说的出版不仅是文学的分享，更是一个女孩不断尝试超越自我的努力。她选了一个自己最熟悉的题材入手，这保证了她能够顺利地完成任务，另一个重要的方面，在于当她回望自己并不很长的人生路程的时候，"校园霸凌"是一个让她觉得不吐不快的问题。

错别字公主

题 记

她打开姥爷赠送的生词本，认认真真地记上了第一个字——"扰"，拼音和注释，都写得一丝不苟。

安安很喜欢看课外书，但不喜欢查字典，遇到不会的字就跳过去，有时候会根据偏旁胡乱猜一个读音。小的时候，她能把"吉祥三宝"读成"古羊三宝"，我便开玩笑叫她"错别字公主"。她觉得，故事情节那么精彩，恨不得一口气读完，只要大体意思能懂就行了，谁会为一两个生字停下来去啃那老厚老厚的像砖头一样的《新华字典》呢？就好比走路碰上几块小石子，如果不影响走路，绕开就行了，干吗非得把它踢开？

可姥爷不这么想，他老在安安耳朵边上唠叨："一本书至少读两遍，第一遍可以看热闹，第二遍就要把不认识的生字挨个查字典，记在本上，过一段时间再拿出来复习复习，日积月累，滚雪球似的，识字量会越来越多……"

安安最讨厌别人和她唠叨，如果你不要求她去干某件事，说不定她主动就干了，可你要是跟她说："安安你去干什么什么吧。"哎——那她就像没长耳朵听不见一样，偏偏不去干。所以，姥爷越向她强调查字典的重要性，她越是故意听而不闻，把字典扔在一边，翻都不翻。

一天晚上，做完作业后，安安正在看《一千零一夜》。她看得眼睛从书上挪都挪不开的时候，一向善解人意的姥爷这时却很不识趣地走过来说："遇上生字要勤查……"

"字典"两个字还没出口，就被安安极不耐烦地打断了："知道了！知道了！没见我正看在兴头上吗？别打尤（扰）我！别打尤（扰）我！"

起初，姥爷还丈二和尚摸不着头脑："打油？打什么油？酱油还是花生油？"他的头摇了三摇，终于，眼睛一亮，想明白了。

第二天下午，安安一放学回家，姥爷就递给她一个小盒子："给，送你一个礼物。"

安安又惊讶又欢喜地接过来，问："今天是什么日子？为什么要送我礼物？"

姥爷的头摇了三摇，手摆了三摆，说："别打尤（扰）我，别打尤（扰）我，自己看吧。"

安安奇怪地看了姥爷一眼，就去研究手中的小盒子了。盒子外壳是粉红塑料的，像个八音盒，用手掂一掂，有点沉，可是怎么也打不开，像是上了锁。安安捧着盒子，歪着脑袋看了半天，发现盒子底部有两个圆圆的小拇指盖大小的按钮，只因它的颜色和盒子本身完全一样，又是暗钮，不容易被发现。她轻轻按一下其中的一个，按钮被压下去又弹上来，瞬间恢复了原状。盒子里面随即传出"叮叮咚咚"的音乐，然后就是她最喜欢的唐老鸭的声音："请按另一个按钮，按钮上方会出现两个字，如果你读对了这两个字，盒子就会自动开启，你就能拿到礼物了；如果你读错了，对不起，盒子便永远打不开了。祝你好运！拜拜！"

安安连忙按了另一个按钮，这个按钮按下去后没有自动弹上

来，它的表面变成了一个白色的小屏幕，上面果然显出了两个小字：打扰。这还不容易读，安安大声对着屏幕喊："打尤！打尤！"

谁知屏幕里传来一声难听的、尖锐的、很不客气的声音："错了！错了！真笨。"话还没说完，屏幕消失了，按钮马上弹回来恢复了原状。

安安怔怔地看着盒子，想："不会错吧，不是有很多中国字的偏旁的读音就是这个字的读音吗？老师不是说利用这个办法能认好多生字吗？好比说，'清'和'青'，'消'和'肖'，还有好多好多，读音都是一样的，'扰'和'尤'难道会不一样吗？奇怪！"

安安又试着按了显示字的那个按钮，大声地读道："打尤！打尤！"

这一次，里面传出的声音更不礼貌："错了！错了！请你会读之后再来，不要老麻烦我，哼，讨厌！""啪"，按钮又恢复原状了。

这下安安有点傻了，看来是自己读错了。正确读音是什么呢？问一下姥爷吧，不行！姥爷肯定会笑话我，那就查字典吧。安安跑回自己的卧室，在书桌上翻来翻去。真是！不想用的时候吧，字典天天在眼前晃；想用吧，又哪儿也找不着。哎，有了！

给隔壁的楠楠打个电话，问问她，也许她会知道吧。

电话通了。安安先确认姥爷是不是在背后偷听，在确保无事后，她用手罩着嘴，压低声音问楠楠："左边是提手旁，右边是'尤其'的'尤'，这个字怎么念呀？"

电话那头传来楠楠很惊讶的声音："咦？这么简单的字你都不认识？读'rǎo'啊，'打扰'的'扰'。"

安安有气无力地说了声："谢谢。"沮丧地挂了电话。

当她按着楠楠说的读音对着按钮轻轻念了一遍时，盒子果然"啪"地就自动打开了。安安闭着眼睛，心"砰砰"跳，像怀里揣着一只小白兔。会是什么神秘的礼物呢？她慢慢睁开眼睛，唉！她长长地舒了一口气，脸慢慢红起来。原来竟是被她长期打入"冷宫"、布满灰尘的那本《新华字典》。

字典上面有一张小纸条，上面写着：请翻到第399页。安安赶紧翻到那一页一看，上面清清楚楚地有"扰"字的读音和注释。这里面也夹着一张纸条，上面写着："安安看书怕麻烦，从来不爱查字典。马马虎虎读半边，十个倒错九个半。"下面的落款是"字典公公"。字典下面还压着一个绿色的没有用过的硬皮本，翻开封皮，扉页上端端正正写着"安安生词本"几个字，这一看就是姥爷的字。

安安用手捏着小胖下巴，想："姥爷的眼睛真像一台显微镜，什么缺点也别想瞒过他！"她打开姥爷赠送的生词本，认认真真地记上了第一个字——"扰"，拼音和注释，都写得一丝不苟。

我是一条哈巴狗

题 记

在孩子的眼里，兔子有什么不好的？她们还没有像成年人那样，学会给动物们贴上很多歧视性的标签。

我的小侄女上三年级，有一天老师让他们用"像……一样……"造句，她造的句子是："战场上，战士们跑得像兔子一样快。"老师给了她一个刺眼的大红叉，她父亲让她拿着作业本来问我错在哪里，因为我是中文系毕业的。可我也不知道该给她一个怎样的答案。因为从语法上看，这个句子一点都没有错，可是为什么我看了这个句子也想笑呢？大家一看就明白了，怎么能用兔

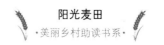
子来形容战士！好像有点不够严肃，不够尊敬哦！似乎还有那么一点点贬义。当我试着把这个意思讲给小姑娘听时，她愣愣地看着我，还是没有明白。是啊，在孩子的眼里，兔子有什么不好的？她们还没有像成年人那样，学会给动物们贴上很多歧视性的标签。

就比如说我女儿两岁的时候，非常喜欢小狗，确切地说，她是喜欢狗中的小哈巴狗。因为太喜欢了，她的理想是当一条哈巴狗！不但如此，她还希望全家人都是哈巴狗！有一天，她喜滋滋地说："妈妈是哈巴狗，爸爸是哈巴狗，我是哈巴狗，我们都是哈巴狗。"她爸爸听后皱着眉头训她："瞎说！"可是她一脸的无辜。她实在想不通，哈巴狗是那么可爱，为什么爸爸会因为成为一条哈巴狗而如此愤怒呢？她还不知道，在大人的眼里，哈巴狗是一句骂人的话，是巴结、溜须拍马的代名词。

不过她终究会知道的，在她将要接受的教育中，她最终会接受很多这样的对动物们充满偏见的词，并慢慢变得习以为常。譬如狐狸精、走狗、落水狗、狼心狗肺、狼狈为奸、癞蛤蟆想吃天鹅肉、小肚鸡肠、贼眉鼠眼……直到有一天，一看到"狐狸"这个词，她头脑中马上会涌现出"狡猾"；一看到"狗"，特别是看到"哈巴狗"，立刻就会想到"狗腿子"和"拍马屁"，如果谁对她说"你是一条哈巴狗"，她一定会勃然大怒，认为这是对她人格的极大侮辱；一看到"狼"，不用说了，那一定是"残忍"的代名词……

其实和人类比起来，狼吃掉的那几只羊又算什么呢？狐狸的那点小聪明只能说是小巫见大巫，而且我们凭什么认定鸡的肚肠就一定是小的呢？凭什么人可以吃天鹅肉，癞蛤蟆想吃就会遭人耻笑呢？尤其是对人类忠心耿耿的狗，替人类看家，帮人类打猎，就算是宠物狗不劳动吧，还能给人类解闷呢，但人类却给它们安了那么多的坏名声。人类的法律中有一条是"诽谤罪"，幸好动物们都不认字，不读书，也听不懂人类的语言，否则，它们肯定会把人类告上法庭吧。

然而最可怕的不是人类对于动物的歧视，而是这种歧视已经根深蒂固。理所当然，这些字词和成语频繁出现在很多教科书和人们的日常生活中，已经作为一种常识甚至是真理被人类所接受，人类已经意识不到这其中所散发出的浓浓的人类中心主义的味道。

牵起自己的手

题 记

当所有人都不相信你的时候，你一定不要放弃自己，要自己牵着自己的手往前走，即便是最终失败了，但你努力过了，尝试过了，已经把自己身上的潜力发掘到极限了，你就可以没有任何遗憾了。

由于厌学的缘故，中考前的摸底考试，我已经由初二时的全年级第一名迅速滑落到班里十几名。而我所在的那个小城，只有一所重点高中，如果考不上，几乎可以说是和高考绝缘了，所以有人说，中考竞争比高考还要激烈。而想考上那所重点高中，别说十几名没希望，就是前十名也不能说有绝对把握。可我很想上大学，所以，填报志愿的时候，我想都没想就填了那所重点高中的名字。班主任看后来找我，什么多余的话都没说，只是简洁地问："怎么不报职高？"

我一下子愣住了。周围的同学都齐刷刷地向我行注目礼。我不敢去探究他们的眼神所表达的各种各样的意思，羞愤交加地低下头去，一面痛恨自己没出息，一面又感到很委屈：我的成绩只是暂时不理想，凭什么班主任就认定我连重点高中都考不上？这个时候，她应该给我鼓励而不是泼冷水啊。因此我口气很偏地说："除了重点高中，我哪里都不想考。" 班主任再没说什么，但神色显得很不高兴，跟旁边一位成绩很好的同学嘟哝："想考重点，就她那成绩，门儿都没有，还不肯报职高，太自不量力啦。"

那一天我的好朋友陪我在操场上转悠了很久。我跟她说："没办法了，我只能破釜沉舟了。"离中考只有五十天的时间了，我想，权当这五十天把自己禁锢起来吧，除了学习，什么都别想了。我重新调整情绪，埋头苦学，差不多都学疯了。结果，我如愿以偿，以很高的分数考上了那所重点高中。

眨眼间到了高三，我的老毛病又犯了，厌学的情绪又一次无

法抑制地吞没了我，加上一位亲人的去世，我的心情更是雪上加霜。结果，平时在班上数一数二的我，一下子落到了中游，高考名落孙山。可是我不想就此罢休，于是收拾起自己的痛苦、绝望，走进了复读班。在这里，我的成绩始终不错。一年时间很快就过去了，又到了要填报志愿的时候了。那时我们采取的是先报志愿后参加高考的办法，这样，没有高考成绩做参照，完全是根据自己平时的成绩填报。我想报考北京大学中文系，而那个时候，全市已经有三四年没人敢报考北大了，他们的想法是能考上大学就行了，万一高考发挥失常，北大上不了，其他重点大学恐怕也不肯收了吧——你又没在第一志愿报人家。

我把自己的想法告诉了班主任，班主任对我充满期望，但他还是很现实地告诉我："你成绩很好，但复读生嘛，能考上山大就不错了，报什么北大呀，太冒险了。"

我没有听他的，还是坚持了自己的意见。这一次，我又赢了。

在此后的人生中，我还常常听到这样的声音："这件事你不行，你做不了。"

"你不如某某某。"

"作为一个女孩子，这样就行了。"……

当然，现在我听到这些话不再觉得受伤害。不像年少时候，觉得人家是瞧不起你，轻视你，会感到愤愤不平。其实，我的两位班主任都是为我好。只是，别人怎么可能那么细致入微地了解你，了解你的性格、你的潜能呢？他们总是根据自己有限的观察对你做出判断，这种判断难免会是"误判"。只有你最了解你自己，最清楚自己的实力。当所有人都不相信你的时候，你一定不要放弃自己，要自己牵着自己的手往前走，即便是最终失败了，但你努力过了，尝试过了，已经把自己身上的潜力发掘到极限了，你就可以没有任何遗憾了。何况，也许，你会收获一份连你自己都意想不到的惊喜。

等待是美丽的

题 记

在人们惊讶的目光里，谁也记不起那曾经是一粒
多么不起眼的种子。春天里那场魔术般盛大的花事，
是源于一粒一粒种子在寒冷的冬季里从不绝望的
等待。

站在秋的尾巴上翘望春的身影，从凋零的黄叶到绚烂的花
开，要等待一个漫长的冬季。花朵不是鸟儿衔来的，草地不是风
儿吹绿的，不，不，一切都没有说的那么容易，从冬天到春天并
不是一个简单的时间上的更替。

你只要肯低下头，去问问地下的每一粒种子。不错，这些种

子都有一张沉默的面孔，它们默默地躲在土壤深处，被人遗忘，只有它们自己知道，内心的憧憬要穿越多少严寒、寂寞，要忍受多少重复、枯燥，然后，在某一个暖洋洋的春日，完美地绽放。在人们惊讶的目光里，谁也记不起那曾经是一粒多么不起眼的种子。春天里那场魔术般盛大的花事，是源于一粒一粒种子在寒冷的冬季里从不绝望的等待。

等待是一段艰辛的距离。

等待是从失败到成功的距离。

等待是从播下一粒草籽到收获一片绿意的距离。

等待是从毛毛虫变成蛹然后慢慢长成蝴蝶的距离。

然而真正的等待并不意味着无所事事，等待并不是一张白纸。和等待相关联的词汇是坚韧、梦想和奋斗。会等待的人总是在心里默默咬牙坚持，会等待的人表情并不是痛苦、抱怨的，和站在人生领奖台上那短暂的一瞬相比，浸透着汗水和泪水的等待闪烁着更灿烂的光芒。

因为你付出了，你创造了，等待实在是美丽的。

爱是生命之源

题 记

> 那些可歌可泣的动物母亲们，在自己的孩子面临危险的时候，总是会奋不顾身地去保护它们，完全不考虑自己的安危。有时候，她们的勇敢、机智和忘我的程度，一点也不比人类的母亲们逊色。

那是春节放假期间，我闲来无事，天天看中央电视台第9套的纪录片。有一天我看到一个介绍角马大迁徙的片子。角马，也叫牛羚，是一种生活在非洲草原上的大型食草动物。在非洲肯尼亚有一条马拉河，每年的十月份，都有上百万头角马从3000千米外的坦桑尼亚迁徙到这里。角马们必须渡过马拉河，才能到达它们梦寐以求的"天堂"，这里水草丰美，非常有利于角马的繁衍生息。然而马拉河并不是一条平静的河流，它浊浪滚滚，水流湍急，跳入河中的角马们一个不小心就会跌入漩涡之中，眨眼间就会被从上游冲到下游。更为可怕的是，马拉河里有两种动物是角马们的死敌：一种是鳄鱼中最大、最为凶残的尼罗鳄，一种是被称为"非洲河王"的河马。尼罗鳄比河马更可怕，它们通常是静静地潜藏在水中，瞅准时机，出其不意地向角马们发起进攻。因此，马拉河上常常上演这样惊心动魄的一幕：那些体弱的、掉队的角马，被伺机而动的尼罗鳄一下子咬住，角马拼命地挣扎、搏斗、反抗，幸运的角马也许能够侥幸逃脱，但大部分被咬住的角马会在激烈的挣扎后渐渐失去力气，成为尼罗鳄们的美餐。目的地就在眼前，然而它们的梦想就夭折在旅程的最后阶段……

在这个角马群里有一头小角马，它一直跟在母亲身边，一路上经过了千难万险，但是在横渡马拉河的时候，小角马因为体力不支，渐渐地被湍急的河水卷走，和母亲失散了。在尼罗鳄的追击下，小角马没能爬到马拉河的对岸去，眼看着就要功亏一篑了，小角马没有办法，只能重新游上出发的河岸，独自在马拉河这边的并不繁茂的草原上游荡。而在不远处，豹子和狮子正在虎视眈眈地盯着它。没有了群体的保护，没有了母亲的护佑，小角马的生命危在旦夕。

母角马这个时候已经随着角马群游到了对岸，展现在她面前的是肥美的草原。这个时候，让人震撼的一幕发生了，母角马没有低下头吃一口草，甚至都没有抬头去看一看自己跋涉了3000千米才到达的目的地，就毅然决然地转过身子，不顾一切地跳到河中，回头去寻找自己的孩子。这是一次比刚才更为凶险的渡河。刚才因为身处成千上万的角马群中，埋伏在水中的尼罗鳄未必会看到她，被尼罗鳄盯上的概率较小，相应的，死亡的概率也就会更小。现在，她是独自一个，想想吧，周围这片水域里潜藏着多少条尼罗鳄啊，她躲得过这条鳄鱼，还躲得过那条吗？在鳄鱼们的联合追击下，她活下来的概率几乎为零。这也就是角马们为什么要集体过河的根本原因，就是以少数的死亡来换取绝大多数角马的生存。现在，这位寻子心切的母角马，完全不顾自己的安危，只是一心一意往回游去。这个时候你会明白什么叫"视死如归"。也许上苍被母角马的精神感动了，也许连狡猾的尼罗鳄们都想不到母角马会有如此的胆量和勇气，它们还没回过神来呢，母角马已经游到岸上了。总之，母角马又平安回来了。当她用尽最后一点力气爬上岸，我看到，她是那么急切地要回到她刚刚急于离开的地方。什么才是真正的"天堂"？是对岸茂盛的草原吗？对于母角马来说，对于一个母亲来说，只有孩子在的地方，才是她心目中真正的"天堂"。她焦急而深情地声声呼唤着，呼唤着丢失了的孩子。

小角马那个时候正在漫无目的地流浪，突然，风儿把母亲对它的呼唤送到了它的耳畔，它突然停住，认真地谛听，当它确认确实是母亲的声音的时候，它忍不住朝天激动地呼喊。小角马和它的母亲终于又相聚在一起了。母角马带着它加入了后面的一个角马群，跟随这个角马群，小角马终于和母亲成功地渡过了马拉河。

看完了小角马的故事，我又看了一个关于北极熊的片子。作为"北冰洋之王"的北极熊，在我眼中原本是要风得风、要雨得雨的霸王，但实际情况根本不是这样，它们想捕到猎物并不那么容易。在冰天雪地的北极的一月，母熊产下了两只幼崽，她不吃

不喝，身上储存的脂肪都转化为乳汁哺育着两只小熊。漫长的冬天过去了，到了四月，两只小熊在妈妈的带领下走出了雪洞。母熊已经饿得前胸贴后背了，可还要一边照看着两只顽皮打闹的小熊，一边在冰上闻来闻去，试图能够捕猎一头冰下的海豹。但海豹也不是傻子，不会静待在水下等着被吃。当母熊用头部狠狠地撞击坚冰，终于凿破了冰面的时候，下面的海豹已经逃之夭夭。一连许多天母熊都没有找到一点吃的。可是，当小熊们饿的时候，她都会慈爱地卧在冰上让小熊来吃她的奶。吃饱喝足的两头小熊，还完全体会不到母亲的艰辛，它俩在冰上追逐嬉戏，尽情地享受着美好的时光。母熊却要忍受着饥饿，一边觅食，一边教小熊们捕猎的技巧，好让它们能够学会独立生存的本领。

那些可歌可泣的动物母亲们，在自己的孩子面临危险的时候，总是会奋不顾身地去保护它们，完全不考虑自己的安危。有时候，她们的勇敢、机智和忘我的程度，一点也不比人类的母亲们逊色。看了这些片子，我一下子明白了，动物界进化的最核心的原因就是爱——我们的诞生缘于爱，生命的延续缘于爱。试想，如果没有爱，那些没有任何生存技能的弱小的动物，如何能在如此凶险的世界上生存下去？如果没有母亲或者父亲那宁死也要保护孩子的精神，动物包括人类在内怎么可能延续到今天？如果没有爱，我们的星球将是一个没有生命的星球、没有色彩的星球，是一个死星球。

爱就是生命，生命就是爱，在我看来二者就是同一回事。爱是生命之源，没有爱，生命就不可能存在。我们人类和整个自然界能够世世代代繁衍生息下去，就已经证明这是爱的力量，这是爱创造的奇迹。

父亲的河流

题 记

在和父亲相处的漫长又短暂的四十多年的岁月里，对于父亲生命中的河流，以及荡漾在这些河流之上的童年的斑斓往事，在父亲反复的充满眷恋的讲述中，我已经熟悉到如同亲历。

在连续一些日子熬夜写作之后，我这个年轻时曾经长时间低血压的人，高压居然冲到了180，低压101。我生平第一次吞下了一片抗高血压的药，并依靠它，完成了那部小说的最后一章。然而我内心竟有一种隐约的喜悦，一种真正的释然——仿佛只有这样，我才有权利长长舒一口气，说："我尽力了。"

　　这部书的写作对于我个人而言，意义已经超出了文学本身。它首先是一种拯救，拯救我从失去父亲的伤痛中走出来。2013年9月1日，父亲在查出患有肺癌之后的第七天，猝然离世。而那个时候，我正背着一大袋从北京一家医院买来的据说特别有效的中草药，提着一个特制的药罐，坐在开往济南的高铁列车上。到家之后，迎接我的却是父亲安详微笑着的遗像……就在三天之前，父亲突然想出去走走。我侄子说："爷爷，济南刚修了奥林匹克体育馆，那里热闹，我带你去吧。"然而父亲坚持要去小清河看看，在侄子眼里，小清河并非济南有名的风景区，而且路远地偏，但我们遵从了他的意愿，开车去了小清河。我是第一次见到这条河，惊讶于它和名字完全不同的浩渺、阔大的气象，于是就跟父亲开玩笑说："在这里给你买幢房子吧，早晨和晚上在河边散步，多美啊。"——我们像大多数子女一样，在得知父亲患有绝症之后，瞒着他本人，并绞尽脑汁说一些类似这样的话，有意无意地向他暗示：他的病情根本不足为虑，他还可以活很多很多年。父亲微微笑着，没有揭穿我的谎言。然而他说，小清河的下游从他的故乡寿光入海。他的话让我的心暗暗一惊，我知道，父亲这是来和他

的童年告别、和他的故乡告别的。我看到了他目光里的全部不舍，以及已经没有体力再回到遥远故乡的无奈，这让我很懊恼，懊恼之前没有陪父亲回老家一趟。

在和父亲相处的漫长又短暂的四十多年的岁月里，对于父亲生命中的河流，以及荡漾在这些河流之上的童年的斑斓往事，在父亲反复的充满眷恋的讲述中，我已经熟悉到如同亲历。父亲的童年正是在抗日战争那段最困苦的时期度过的，然而在他的回忆里，那些蕴藏在民间的生机勃勃的生命力，那些诙谐、风趣、随遇而安但面对侵略者决不屈服的平凡的中国人，让我产生了想回到那段历史现场的冲动。十多年来，这种冲动从未消失，它促使我翻阅了和那段历史相关的很多资料，从中我当然看到了一个更为壮阔深邃的世界。在得知父亲病情的时候，我已经完成了这部小说的初稿。我很想把这本书送给他，仿佛这是我对父辈所负的必须去完成的责任，然而父亲的离世却让这个简单的愿望变成了我（也包括他）生命中永远的缺憾。

父亲常常会讲到爷爷，这个我还未出生就早已过世的人。爷爷继承了祖上留下的不少的土地，但他几乎都不知道这些地在哪里，只是将它们托付给管家去打理。他是当地有名的医生，由于性格疏懒，他不开药房，只在每天上午给病人看病，开药方——从来都是分文不取。下午的时间则完全交给了他的业余爱好：看书、画画、下围棋。他的两个儿子（他共有四个儿子），也就是我父亲的两个哥哥，一个十四岁，一个十三岁，在一位武工队队长的影响下，一起当兵打鬼子去了。族里有长辈出来责难爷爷，问他为什么要让不缺吃不缺穿的两个孩子去干这种脑袋吊在腰带上的危险事，爷爷却从未对儿子们的决定说过半个"不"字。虽然，爷爷后来的人生在时代的风雨中经历了令人唏嘘的磨难，但我仍然喜欢他散淡的气质，开明的胸怀。

父亲更多的敬意是在讲到他的一位同乡前辈马保三的时候。这位马先生在抗日战争爆发后，毁家纾难，不但贡献了全家的粮食，而且动员了一家老小参战，发动了非常有名的"牛头镇起义"，组建了日后赫赫有名的"八路军鲁东游击队第八支队"的抗日武装。我曾经在资料中看过一个叫辛锐的女八路军的故事，她是一位出身极为富有的大家闺秀，有着极高的绘画天赋，却和妹妹一起奔赴沂蒙抗日根据地，并在一次战斗中献出了年轻的生命……也许这样的人，在那个年代还有很多很多，而我在一本篇幅不长的主要描写抗战背景下的少年儿童生存际遇的成长小说里，不大可能给予他们更多的笔墨。事实上，他们的形象在小说中有的根本就未出现，有的只是只言片语，但他们在我心中沉甸甸的存在，却让我在写作中始终保持了这样的心态——对那些没有任何私人功利目的，抱着一种世界大同的精神，有着纯度很高的信仰的人，我难以割舍对他们的偏爱。我喜欢他们的格局。其实，不管我写到或没写到他们，我笔下的每一个笨拙的文字，都包含献给他们的朴素而滚烫的敬意。

父亲在讲述中很少去讨伐那些曾给他的生活带来麻烦的人。他擅长描绘那些温暖的细节。所以，当我回头去看《少年的荣耀》这部直接由父亲的回忆所触发的小说时，我惊讶地发现，父亲为人处世的态度，也无意中影响了我看世界的方式——虽然这部书里所有的故事都摆脱不了战争的梦魇，但那却是在残酷的战争的土壤上开出的温情的花朵。是的，历史也许芜杂，甚至血腥，但总有一些美好散落在褶皱里等着我们去拾取，就像从地板缝里捡拾一粒遗落的种子、一朵小小的茉莉、一枚闪亮的宝石。

然而，促使我写作这部小说的另一个直接的动因是，有几次我到女儿的学校去听家长公开课，每一次，都会遇到学生当堂哭泣，有一次一下子哭了三个——全是男生。以前，当我们说起现在的女生很爷们儿，个个都像女汉子，而男生则很"娘"的时候，多半带有开玩笑的性质，现在，有时候你会觉得这是对某种现实的准确描述，尤其是在我看到一位身高180厘米的初三男生还要身高150厘米的奶奶天天接送的时候，我就觉得，一个男生，也许应该过更有硬度的生活。就像这部书中的那些男孩子，他们的生活粗粝，时有挫折，但他们可以在大自然的怀抱里无拘无束地玩耍、探险，他们像一群野孩子，他们的童年，被夏日炽热的阳光晒成了古铜色。他们一诺千金，仁义忠诚；他们嗓门响亮，敢于担当——他们活得那么硬朗直接，酣畅淋漓。我真希望今天那些被锁在钢筋水泥的丛林中的被圈养的男孩子们，也能过一过这种在野地里撒欢儿的童年生活。

关于抗日战争，母亲回忆的镜头总是定格在两个场景上：一个是日本兵进了她们村。那时她才一岁多，但已经有记忆。她记得我姥姥浑身颤抖，把她紧紧地搂在怀里，躲在桌子底下，外面

的大街上，传来杂沓的皮靴声和马的"咴咴"的嘶鸣。另一个场
景是她五岁多的时候，由她父亲带着去县城走亲戚，进入城门的
时候，她的父亲也就是我的外公，必须得朝那些站岗的日本兵毕
恭毕敬地鞠躬，如果不鞠，他们会立刻放出狼狗把你咬死。

　　有时候我会想，为什么母亲一生中会反复诉说这两个细节，
现在我明白了，恐惧和耻辱是这场战争留在她内心深处难以平复
的创伤，而这处创伤从未得到过有效的抚慰。就像小说中的沙
吉，人们以为五岁的他什么都不记得了，殊不知那沉默的伤口会
随着年龄的增长而变大，成为人生的黑洞——谁又能预测，在未
来的岁月里，这样的黑洞会吞噬生命中多少的美好？

　　隔着如此漫长的岁月，我想穿越历史的尘埃，用文字轻轻抚
慰那些幼小的心灵中被战争划开的无法愈合的伤口，虽然几近痴
人说梦，然而我仍然感到这是自己特别愿意去做的事情。

忠诚

题记

> 人类不能总是高高在上，觉得自己一切都比动物高级，至少在某些品格上，忠诚、信任、勇敢、坚韧……动物有时候可以当人类的老师。

有时候动物比人类还要忠诚，狗就是动物中非常有名的"忠臣"。

前些日子在报纸上看到这样一条新闻：有一天，北京一位小伙子骑着摩托车在路口等红绿灯，不经意间看到路旁有一条黄色的流浪狗，很像他丢失的小狗笨笨。笨笨失踪的时候才两岁，而今七年过去了，小伙子不能肯定这条流浪狗真的就是笨笨。他犹豫了一下，还是摘下头盔，吹了一声以前呼唤笨笨时经常吹的口哨，然后喊了一声："笨笨。"这个时候，奇迹发生了，那条流浪狗抬起头，怔怔地看着他，足足看了他有三秒，然后发疯一般朝他跑过来，亲热地扑到了他的身上……没错，这正是他丢失了七年的爱犬笨笨。

这个故事在微博上传播开来后，也有人不相信，因为据说小狗对于主人的记忆只能保存一年半的时间，换句话说，小狗分别七年后还能认出主人在科学上似乎是不现实的。然而我却宁愿相信这个故事是真实的，尽管我并不喜欢宠物，只有一次极其短暂的养狗的经历，但就是这一次经历已经让我刻骨铭心地明白，狗对于人类的信任，狗对于人类的爱，其坚贞的程度到了让人惊叹的地步。

我破天荒的养狗经历，发生在高三那年冬天。父母带着身患绝症的哥哥全国各地辗转求医，留下我一人等着黑色七月的到来。我的被某种情绪蛀空了的心，再也装不下那些复习资料，我渴盼声音和挤挤挨挨的感觉填满陡然空旷和死寂的房间。

这时，我在朋友家里看到了两只小狗，虽为同母所生，长相却有天壤之别。小黑狗皮毛光滑润泽，娇憨可爱；小黄狗皮毛苍黄干涩，好像荒凉的沙漠，脸尖尖的像狐狸，眼睛里有说不尽的苍凉，满腹哀愁说不出也要用眼睛说，定定地看着你，看得你的心一抽一抽地疼。朋友极慷慨地说："抱走那只黑的吧，解解闷儿。黄的，太丑。"但最终我还是要了那只黄的，没有什么复杂的想法，大约和我一贯的逆反心理有关。

我是要它来填补寂寞的，但我很快发现我简直成了它的奴隶。它虽块头不大，但胃口却出奇的好，我连自己的肚子尚不知如何填饱，还要强打精神、耐着性子为它觅食。而且，它无论如何也不能和人一样知道是不能随地大小便的，往往是我刚刚处理掉它制造的大便，它又在我身后撒了一泡尿。没过几天，屋里屋外都被它搞得臭气熏天，我后悔不迭，怒气比市场上的物价涨得还快，终于忍无可忍，以暴力表达了我对它的极度不满。那是一个深冬的傍晚，我放学归来，为数学测验的糟糕成绩而懊恼着，心情简直比天气还要阴晦。小黄狗扑上来，"呜噜呜噜"舔着我的裤腿。现在想想，它可能是在向我表示亲热和欢迎——那简直是一定的。但当时我认为它是在向我要饭吃，而且它的嘴巴那么脏，舔我的裤腿？"去！一天到晚就知道吃！"我对准它的腿就是一脚。这是我第一次也是最后一次打它，因为我不顾它的惨叫，马上把它塞进一个蛇皮袋子，顶着寒风，骑着车把它送到郊外一个小村子里去了。我想也许那里的村民会收养它。

那晚下着雨，冬天的雨，一落地就结成了冰。我睡得很不踏实，心里空落落的，就像窗外落尽叶子的枯树。我知道我的烦躁不安与窗外的天气无关，与一团糟的数学成绩和哥哥的病情也无关，只因一双不明就里的无辜的眼睛在看着我，一直看到我的梦里去，使我不得不扪心自问："我有权利把自己的苦痛转嫁到一只不能言语的小动物身上去吗？"

就这样辗转反侧到半夜，那经常发生在电影和小说里的一幕在我眼前发生了：我隐约听到穿越雨幕而来的咻咻的鼻息声和呜呜的哀叫。我先是毛骨悚然地拉紧了被子，而后，为这顽强的、不间歇的呼叫所感动。我鼓足勇气，打着手电，战战兢兢地去开了大门。雨线像飞蛾一样，扑向手电昏黄的光圈，我脚下那一团毛茸茸的簌簌发抖的小东西，正是被我扔到很远的郊外的小黄狗。它的脚下摆着几块肉骨头，那是它自己觅来的食。它抬起头，欢欣雀跃地看着我，仿佛在告诉我："我自己去觅食，你就不要赶我走了，好吗？"我上前一把抱住满身泥浆和冰屑的它！天哪，我何德何能，值得你这样留恋、这样愚忠呢？我对你不仁不义，你却一心一意地跟定了我；我差点让你在冰天雪地中丧命，你却义无反顾地回到我这里。我虽然不能理解你的做法，却也不能不因为你在雨夜归来而感到惶惑、不安、内疚，以至于感动地拥着你，在天寒地冻中和你一并流下冰凉的泪水。

狗不像人类这样有着舌灿莲花的本事，狗的爱是沉默的，狗总是用行动去证明自己对人类的爱。从某种意义上说，不会说话的狗是会说话的人的一面镜子，在揽镜自照中，人类可以看到自己的自私、怯懦、傲慢和偏见。人类不能总是高高在上，觉得自己一切都比动物高级，至少在某些品格上，忠诚、信任、勇敢、坚韧……动物有时候可以当人类的老师。

尊严

题记

　　短短的一句话，可以给人带来一个春天，也可以制造一个冰冷的冬天。

　　这是两个真实的故事。

　　那是一个夏日黄昏，我到街头鞋摊修鞋。修鞋匠的脚旁已摆满了各式各样待修的鞋子，看来生意还蛮红火的。这个时候，来了一位中年妇女，就是大街上常常见到的那种，普普通通一点也不会惹人注意。她手里拿着一双胶皮底的布拖鞋。老实说，我此前从未见过如此破旧的拖鞋，鞋底几乎要磨穿了。那女人说："这双鞋子我穿得久了，穿出感情来了，穿什么新鞋都不如穿它舒服，不舍得扔，就是底磨破了，看您能不能给我补补鞋底。"鞋匠说："您放这儿吧。"女人问多少钱。鞋匠说："算了吧，补补鞋底又不费工夫。"

等女人走后，我不解地说："这么破的拖鞋穿着会比新鞋舒服？好奇怪的人啊！"

鞋匠说："她就住在附近，是个下岗女工，生活很困难的。但人再穷也还好个面子，是不是？"

听了这番话，我对眼前这位鞋匠肃然起敬。试想想，如果他说："这鞋都破成这样啦，没法补。"那个生活窘迫的下岗女工会怎么想呢？她在来之前肯定非常踌躇，鞋子破了又没钱买，想补又怕人家不给补，人家给补又怕人家说风凉话，因而撒了那么一个脆弱的谎言，来维持自己可怜的自尊。

另一个故事是这样的：

那年我们一入大学就到一个陆军学院军训。那个时候，电话还不是很普及，因此每天都会安排一个同学值班，接各种来电。有个同学从农村来，此前她没见过电话，而我们的教育又不屑于教给学生这些基本的生活技能，因此，虽然她能考上中国最著名

的高等学府，却连电话也不会接。当电话打过来找某某某的时候，她很热情地对电话那端的人说："好，您等着，我去喊他。"说完，她"啪"地把电话挂上了——她不知道应该把听筒放到一边。这件事正好落在一个城里同学的眼里。一回到宿舍，她就急不可待地把这件事当作笑话讲给大家听，讲完了，她充满优越感地点评道："农村的学生就是高分低能，连个电话都不会接。"在场的刚好有两个从农村来的同学，听了这话，立刻脸涨得通红，齐声反驳道："你这话什么意思?"搞得那位城里的同学很尴尬。在此后的日子里，她和两位农村的同学始终相处得不融洽。

短短的一句话，可以给人带来一个春天，也可以制造一个冰冷的冬天。

睡趣

题记

在半梦半醒间，风声雨声人声鸟声，什么都听见了，又什么也没听见，有所思亦无所思，意识是清晰的又是模糊的，很有薄醉微醺的况味。

禅宗说砍柴担水，无处不是道。即便是生病，也有人苦中作乐，从病痛中悟出"病趣"。王丹麓《今世说》记毛稚黄善病，人以为忧，毛曰："病味颇亦佳，第不堪为躁热人道耳！"我一大学同窗嗜牌如命，善打"拖拉机"，自称"托（拖）派"。人讥其爱好卑下，她正言道："爱好无高雅庸俗之分，只有境界高低之别。频频出入音乐厅之人，许是附庸风雅之徒。打牌有三境界，境界高者，以牌悟道，怡情养性，怎能言其俗？"我平生无甚特殊爱好，唯喜睡觉，想来也算不得什么雅事，然沉溺既深，也多少从中体味出一些很难为外人道的乐趣来，不值得敝帚自珍，不妨说出来与大家共享。

现代人生活节奏加快，色香味俱全的美味佳肴都常常无暇享受，被快餐取而代之。睡眠更是常常遭到挤压，到了不得不睡的时候，也仅仅是把睡眠当作消除疲劳、积蓄精力的最有效的工具，为第二天的奔波忙碌做准备。睡眠沦为工作的附庸，人们很难把它看作是人生独立的一部分，去挖掘和享受它本身所具有的诸多情趣。好比某个乡下老太太拿元代的瓷碗喂狗，她除了知道那碗可以装水装饭外，浑不知它还具有极大的收藏价值和艺术价值。

艺术家常常是睡眼惺忪的懒汉，他们亦喜标榜自己懒散。散文家梁遇春曾说"春朝一刻值千金"。他虽看似留恋床笫，日上三竿不起，名为睡觉，实则静静卧在那里或打文章腹稿或思索问题，身体虽在床上，脑子却早已思接千载，视通万里了。他曾把自己在创作上的成就大半归功于睡懒觉。你若东施效颦，真的太阳晒着屁股了还呼呼大睡，你就等着上当受骗吧。睡眠除了补充体力外，还是触发灵感和遐思的媒介，这是对睡觉的认识的拓展，但亦摆脱不了实用主义的局限。

我平时喜欢睡醒后再小躺一会儿（说难听点就是"赖床"），而不是打仗似的立即穿衣下床——那样好像一篇文章缺少言已尽而意无穷、回味绵长的结尾。在半梦半醒间，风声雨声人声鸟声，什么都听见了，又什么也没听见，有所思亦无所思，意识是清晰的又是模糊的，很有薄醉微醺的况味。"赖床"的魅力从它源远流长的历史就可以看出来。《诗经·齐风·鸡鸣》写一妻子催促丈夫起床："鸡既鸣矣，朝既盈矣。"丈夫哼哼唧唧："匪鸡则鸣，苍蝇之声。"妻子继续催促："东方明矣，朝既昌矣。"丈夫继续哼哼唧唧："匪东方则明，月出之光。"我初读此诗，先是抚床大笑——想来孔圣人颇通达人情世故，这样的诗也当经典选入，可见他是不反对睡懒觉的；继而又辛酸点头——出去工作，不知道要面对多少钩心斗角、尔虞我诈，能多延长这么一刻，哪怕是极短的一刻，不为冗杂公务所缠，静享和妻子同床共枕的温馨和浪漫，也是弥足珍贵的。好比苦咖啡里的一粒方糖，使我们一天的

压力和烦恼都变淡变轻。

午睡是现代人的奢侈品，常常难逃被剥夺的命运，但我依然向往"日长睡起无情思，闲看儿童捉柳花"的悠闲情调。试想，夏日午后，酷热难当，若能忙里偷闲，小睡一会儿，当是别有一番风味的吧？

雨雪天最宜睡觉。听雨打芭蕉，点点滴滴入梦来，直到天明；听花下鸟啼婉转，不知"夜来风雨声，花落知多少"；而雪落无声，早晨"睡起毛骨寒，窗牖琼花坠。披衣出户看，飘飘满天地"。人恍若置身词中，无端无绪的淡淡的惆怅，为平凡的人生平添一点曲折，一点波澜，使生活变得起伏有致，摇曳多姿。

睡觉不但如馒头、蔬菜，能满足人的生理需求，而且像味精，能把平淡的人生调制得有滋有味。我虽絮絮叨叨，却不能把睡觉的乐趣表达于万一，有人说好东西的妙处总是只可意会不可言传，你要想深得睡觉之乐趣，还得自己多多实践，多多体会——可别说我是在怂恿你睡懒觉呀！

诗是一种纯净的液体

题记

> 诗是一个容器，盛放着突然而至的那些枝繁叶茂的心事。诗是一种纯净的液体，由着最柔软、敏感、丰沛、热情的心灵酿制。

在年少喧嚣仓促的时光中，总有些时刻沉静如水。

我永远记得十四岁的一天，四月的黄昏，我坐在一棵合欢树下，把泰戈尔的诗集《吉檀迦利》放在膝盖上。晚风像一个亲密的伙伴，把手轻轻搭在我的肩上，陪我静静地阅读。合欢树要到夏天才会开满绯红的如梦如幻的花朵，这个时候，它只有羽齿状的叶子在风中微微摇曳。我的灵魂在那些神秘而美妙的诗句中慢慢飞升，空气中流动着一种静谧的、略带忧伤的气息，周围的一切瞬间都静了下来，世界如一杯沉淀过的水，在那一刻澄澈、透明。

是谁说过来着？每一个少年都是诗人。读诗或者写诗，是年少时一件自然而然的行为，无须刻意，从不勉强。诗是一个容器，盛放着突然而至的那些枝繁叶茂的心事。诗是一种纯净的液体，由着最柔软、敏感、丰沛、热情的心灵酿制。正如波特莱尔所说："诗除了自身之外没有其他目的，它不可能有其他目的，唯有那种单纯是为了写诗的快乐而写出来的诗才会这样伟大，这样高贵，这样真正地无愧于诗这名称。"是的——

没有诗歌的童年，如同没有雨水滋润的春天，是干燥的。

没有在诗句中飞翔的生命，如同没有翅膀的小鸟，是残缺的。

没有诗思盘旋的人生，就像没有花朵的枝头，是空洞的。

没有诗意栖居在这片大地上，这样的人类，是苍白的。

众生平等

题记

总有一些不平等、贫困、疾病甚至残忍……像刺一样扎进现实的肌肤里，难以拔除。也许只有在文学中，尤其是在儿童文学里，才能够实现真正的众生平等。

有一天，在都市车水马龙的大街上，四岁的女儿很稀罕地看到一头骡子，便欢喜地惊叫起来。可是她不明白骡子的嘴上为什么要戴着一个像笼子的铁家伙。我告诉她，那个叫笼头，套在骡子的嘴上，防备它乱吃东西。女儿非常郁闷，她不明白，为什么赶车人不给自己戴笼头，却要逼着骡子戴。"它一定很不舒服，因

为我每次一戴口罩就难受。"女儿一路上都在为那头戴笼头的骡子耿耿于怀。我没办法给她解释……就像我没办法说明白,为什么路边小摊贩们的孩子,一个个脏兮兮的,在泥里水里乱跑,双颊皲裂着,被太阳晒成高原红。而就在五步之外的游乐场里,另外一些孩子,却衣食无忧,穿着亮丽,在阳光下尽情地欢笑、游戏。同是上天的子民,在动物和人之间,在人和人之间,却有着云泥之别的境遇。

总有一些不平等、贫困、疾病甚至残忍……像刺一样扎进现实的肌肤里,难以拔除。也许只有在文学中,尤其是在儿童文学里,才能够实现真正的众生平等。在这个世界里,所有的生灵,哪怕是一只不起眼的蚂蚁、一头猪、一只躲在某个角落鸣唱的蟋蟀、一片小小的落叶、一只遭人厌恶的老鼠……这些在现实世界里常常被忽略、被嘲笑甚或被捕杀的生灵,在这里,可以变成一个个理直气壮的主角,获得尊严,获得五彩斑斓的生命。这正是儿童文学吸引我的魅力所在。当你选择为儿童写作的时候,这并不仅仅是要满足创作的欲望,事实上,它更意味着你已经选取了这样一种对待世界的方式:不管经历多少风雨沧桑,你总是不忘把掌声和喝彩声留给那些被遗忘的弱小者。你总是愿意创造一个充满爱和包容的天地，给那些如初雪一样纯净、稚嫩的心灵以抚慰，让他们在某些坚硬或冰冷的现实面前，可以有一个温暖而坚固的后盾。

很难忘记那一次听彭懿老师讲图画书《我的爸爸是焦尼》。一个父母离异的孩子，爸爸好不容易来看他，于是，他向每一个他碰到的人骄傲地大喊："这是我的爸爸，他的名字叫焦尼。"其实只是一个很简单的故事，可是当时在场的很多人默默地流下了泪水，都是些三四十岁的、在人生的路上跌跌撞撞打拼过来的成年人，哪一个人的内心没有铠甲？然而就是这样一本短短千把字的书，在瞬间就可以融化心灵深处重重叠叠的痂。也许这就是儿童文学的神奇之处，它举重若轻，四两拨千斤，在单纯中见丰富，在轻盈中见深沉。

喜欢那些在深切地品尝了人生滋味之后，还能够以一双孩童的眼睛看世界的人。儿童文学就应该是这样一种沉淀之后的澄澈，它是小的，同时它的胸襟和情怀又是最为博大的。它不是肤浅的，它是化繁复为简单的，因为一切真理都是素朴的。所以，一个真正的儿童文学写作者，应该是仁者，是智者，是勇者。这样的境界，自己虽不能至，但心向往之。

远方、星辰和大海

题记

也正是因为阅读的广博，让他们不管是生长于哪片偏僻的乡野，都能够从浩瀚的书海中汲取无穷无尽的滋养，获得世界性的视野。

我有幸数次担任"我的书屋我的梦——乡村少年儿童阅读实践活动征文"的评审，印象最深的就是2019年那一届。面对从海量征文中初选出的近千篇作品，我油然而生"一夜好风吹，新花一万枝"的惊艳感。按照评委会要求，终评委们需要优中选优，再从中挑出几十篇。这可让我犯了选择困难症，因为每一篇都像枝头迎着东风初绽的花朵，各有各的鲜妍，各有各的姿态，共同构成了蓬勃的春天，哪一朵都可爱得叫人不忍心舍弃。但我想这种纠结是一种喜滋滋的纠结——让人一下子就能感觉到大江南北全国各地乡村的孩子们，并不是仅仅某一地因为水土适宜长势良好，而是齐刷刷地在拔节成长。这算是从空间这个维度的横向比较。再沿着时间轴纵向来看，可以清晰地感受到这几年的征文质量一年比一年高。从这些或长或短的作文中可以看出，孩子们阅读的书目越来越丰富了，小说、童话、诗歌，科幻、军事、历史、天文、地理……不同体裁不同领域，不论古今中外，凡属人类留下的智慧结晶，都在他们那尚属稚嫩却又充满好奇的目光中，都留下了他们勇于求知和探索的小小脚印。也正是因为阅读的广博，让他们不管是生长于哪片偏僻的乡野，都能够从浩瀚的书海中汲取无穷无尽的滋养，获得世界性的视野。你能够从字里行间捕捉到一种"初生牛犊不怕虎"的淋漓元气，一种与周围世界、与他人、与自我对话时落落大方的自信表情，一种对祖国、对人类、对万事万物的真挚的爱。而这一切的呈现又依赖于他们对于语言文字日渐流畅的、自如的运用。

俗话说"熟读唐诗三百首，不会写诗也会吟"，阅读对于一个人写作能力的反哺，是这些征文给予我的第一个鲜明印象。那些已初步呈现出汉语言之美的遣词造句，那些灵动的、机智的表达，那些对于生活细节的敏锐、精准的描摹，那些既充满孩子气又闪耀着思想光芒的惊人之语，都无不让人生发"后生可畏"的赞叹。所以说，尽管摆在眼前的是一篇篇无言的征文，却分明让人看到了征文背后所站立的那一个个活泼的、天真烂漫的孩子，看到了新时代乡村少年儿童因阅读的积累而敢于讲述的不一样的"中国故事"。

对于孩子和国家、民族的关系，已经有很多精辟的认识和论述。"孩子是祖国的花朵""孩子是民族的未来""少年强则中国强"。然而，孩子们要撑起国家的明天，他们首先要撑起自己的明天，而阅读则是能够撬动他们未来命运的支点。"忠厚传家久，诗书继世长"，这是在中国乡间最常见的对联，一代又一代贴在每家每户的大门上，可见在我们民族的潜意识中，书籍和人品是支撑一个国一个家千秋万代延续下去的两根最坚实的立柱，这一点需要贴在最显眼的地方以便每时每刻提醒每一个人。我想这是一个有着五千年璀璨文明的民族最智慧的共识，而要把这一共识真正落到实处，最需要着力的地方就是乡村了。相比于有父母督促、阅读环境更优越的都市孩子来说，乡村孩子的阅读可能更需要政府和社会的引领，尤其对数千万父母不在身边的留守儿童来说，阅读既是他们获取知识的有效途径，更是他们安顿心灵的精神家园。

我常常想，一个人需要有自己的书柜，一个家庭需要有自己的书房，一个城市需要有自己的公共图书馆，那么一个乡村，当然应该有自己的书屋。书屋不但是一个物理概念的空间，更是精神层面的空间，是文化的地标，也是能够照亮人们内心的希望的灯塔。这些年，我从自己到一些农家书屋的调研、采风中，能够真切地感受到从政府到每一个默默无闻的书屋管理员，在推动乡村阅读方面所做出的持久的、坚韧的、热切的努力。虽然这样的努力所产生的效果不太可能像经济数据那样，因为可以量化所以一目了然，但是我们仍然可以从这些小小的征文中，看到阅读对一代人潜移默化的熏陶和滋养，它所产生的良性效应必将像血脉一样继续传承下去。毫无疑问，这是功在当代，利在千秋的事业——我们不妨来个小小的假设，全国有六十多万个乡村，假设每个乡村的书屋的书籍，能够像投入湖心的石子，哪怕只在十个孩子的心中荡起涟漪，那么全国就会有六百多万个乡村孩子从阅读中受益。美丽乡村既要实现生态意义上的"绿水青山"，也要构建精神层面的"绿水青山"，从这个意义上讲，推动乡村阅读，是建设美丽乡村的题中之义。

这部由中国少年儿童新闻出版社出版的《我的书屋我的梦——乡村少年儿童阅读实践活动征文选》让人欣喜的是，它不但有文字，而且还有很多入选的画作，孩子们运用了大胆的色彩、大胆的想象、大胆的线条，恣肆地描绘着他们的梦和憧憬，这些梦根植于他们生活的山乡旷野，又呼应着远方、星辰与大海。我尤其记得其中的一幅，那是一座高耸的书塔，那种拔地而起、直上云霄的气势，是一种象征，是一种隐喻，是这一代孩子想站到巨人肩上的渴望，是他们对祖国明天最美好的祝福和期待，也是中华民族必将走向复兴的昭示。

寄给你一缕书香

题记

> 一个不爱读书的人，常常是一个语言无味、面目可憎的人。但如果对读的书没有一个筛选，乱七八糟地读一大堆，反倒不如不读——正如馊了的粥，喝了不如不喝。

前不久参加挪威儿童文学作家拉格纳尔的研讨会，会上听说挪威只有九十万左右的儿童，但国家每年却要购买十万册适合他们阅读的图书，提供给公立图书馆。据说挪威首相曾经不无自豪地说，每个典型的挪威人都各有所成。挪威可算是世界上社会福利最好的国家之一，想来它的繁荣与进步是和每个公民深厚的文化素养分不开的，而文化底蕴的积累自然离不开良好的阅读习惯。

中国是历史悠久的文明古国，而且传统的中国人最崇尚"读书"。但这些年，相当一部分人对于股票、房产、汽车、娱乐明星的兴趣远远超过了对阅读的兴趣，更别说把阅读当成一种生活方式了。我的一个朋友曾经在拉脱维亚待过，当时拉脱维亚独立不久，经济还比较落后，但她说经常看到街头的躺椅上，有人静静地坐在那里看书或者看报，那种淡定的神情，让她觉得阅读能赋予人一种尊严和格调——高雅的从容的安贫乐道的格调。

在娱乐化的金钱至上的年代，人们读书也往往会读一些消遣性的或实用性的图书。有一天，我的一个同事——她是出生在20世纪80年代的，俗称"80后"，比我小了十来岁——她一见我就嚷嚷："我们是大众文学喂养大的一代，读经典作品实在是读得太少了，写出的文字都那么阴柔，思想乏力。让我们重读经典吧，从鲁迅开始。"

仔细想想她的话，还真的是的。当我有自主读书的意识的时候，正当港台文化席卷大陆。琼瑶、三毛、亦舒、席慕蓉……她们的书，都是那时中学生们的掌中宝。当父母的看待这些作家，尤其是琼瑶，就好比今日的父母一听见网吧和电子游戏机的态度，有点谈虎色变的——怕看了她的言情小说后，早恋，耽误学习。但他们阻止的方法实在是简单而粗暴。我记得初二那年，父亲从图书馆借了一大堆琼瑶小说，笑嘻嘻地递给母亲："拿去！看着解闷吧。"一转身，却立马变脸，跟我吼："琼瑶的东西你绝对不能看！"我属于那种外表乖巧内心叛逆的孩子，明里频频点头表示服从命令。有一天，我们全家人都要到亲戚家做客，我假装肚子疼，一个人留在家里。待家人走后，我把大门反锁上，一整天都没有抬头，吃饭喝水上厕所全免，把那堆琼瑶小说翻了个遍。

流行读物大都是轻松快意的，没有阅读障碍，不像一些经典作品，因为思想的艰深，需要我们在读的过程中大动脑筋。流行的通俗的图书像糖，哪个小孩子不愿意吃糖？那是多么甜蜜的事情。只有成年人才会把手中的糖拿开，因为知道吃多了牙齿是会被蛀掉的。但是在阅读上，谁为我们童年的阅读把关？

初中时苦读琼瑶，高中时迷恋席慕蓉。你不能说这期间我就没读过其他书，唐诗宋词马马虎虎也能背下几首的，但大都雁过

无痕。虽说大学是中文系毕业的，但到如今，很多古文必须参照白话文翻译才能读得懂。

记得鲁迅曾在《朝花夕拾》的《五猖会》里回忆小时候，有一次他要去看五猖会，可是他父亲却逼着他背诵《鉴略》，必须背会了要求背的段落，才能出去玩。艰深拗口的古文让七岁的鲁迅很是受罪，不过他终于还是完成了父亲交代的任务。可完成任务之后，也就没有了玩的心情。小孩子也许都有过这样被逼迫的经历，小时候是不能完全理解大人的苦心的。可是，我想，鲁迅之所以能成为一代文学大家，是和他厚实的古文底子分不开的，而他对古典文学的熟悉，又怎能和父亲的严厉督导分得开呢？

现在常常想，琼瑶是不必一棒子打死的——其实打也打不死，消遣的、娱乐性的读物，像零食一样，也是童年的一个正常嗜好。每一次小孩子玩得正开心的时候，非逼他背古文，那也太令人扫兴了。不过，要给自己列一个理性的书单，多读一点经典作品，哪怕读不下去，也要逼着自己去读。趁着青春年少多读一些，哪至于人到中年了还要补课呢？

这些年，因为职业的关系，我常常会收到很多的童书，大都是幽默的、搞笑的、嘻嘻哈哈的，我女儿看了，会读个不亦乐乎，会一边读一边大笑起来。一开始我很犹豫，不知道要不要把她手中的书拿开。因为她读的时候是快乐的，我拿开，是不是等于剥夺了她的快乐？

不过有时我还是会给她拿开。我会拿一些经典的作品让她读，也许她读这些的时候，无法一目十行，无法立刻就刺激到她的笑神经，但我必须让她明白，童年的阅读是要有比例的，经典的阅读必须在整个的阅读计划中占到一个相当大的比例，等她长大了，她的精神才不会缺钙。

孔老夫子曾说："不学诗，无以言。"一个不爱读书的人，常常是一个语言无味、面目可憎的人。但如果对读的书没有一个筛选，乱七八糟地读一大堆，反倒不如不读——正如馊了的粥，喝了不如不喝。

重塑灵魂

——读书之遐想（一）

题记

> 如果我们没有学会尊重动物，尤其是尊重弱小的动物，那么我们也不可能真正地尊重人类自身，尤其是尊重那些比我们弱小的人，那些有身体残疾的人，甚至我们都不会尊重人的生命。

沈石溪的短篇动物小说《藏獒渡魂》里的藏獒曼晃是个"坏小子"。这个渡魂失败的藏獒，曾经野性十足，喜欢玩猫戏老鼠的把戏，玩弄着小野猪，把它咬得鲜血淋漓，却又不立刻让它毙命，小野猪惊恐的叫喊和痛苦的呻吟，在它听来都是美妙的音乐。这种欣赏残忍和血腥的性格，实在是太可怕了。为了生存，动物和动物之间，人和动物之间，免不了要捕猎，杀死自己的猎物，这是无可指责的，但是，在杀死猎物的时候请一定要尊重它，要让它在最小的痛苦中有尊严地死去。我们要怀着敬畏和感恩的心对待我们吃下去的动物，而不是在它死之前，反复地折磨它，甚至欣赏它受折磨的过程。

其实，人有时候可能也会像藏獒曼晃一样，在不知不觉中虐待比自己弱小的动物。记得小时候，邻里有几个小男孩特别顽皮，他们会在家属院里寻找蚂蚁洞，然后往里面撒一泡尿。在人类看来，一泡小孩子的尿算不了什么，但如果我们能够站到蚂蚁的角度上去思考，一泡尿差不多就是大洪水了，很多的蚂蚁可能就此命丧黄泉。而小男孩们却嘻嘻笑着，觉得特别好玩。

还有一次，他们把一串鞭炮拴在一只老鼠的尾巴上，然后点燃了鞭炮，鞭炮"嘣"地炸响，老鼠听到一声巨响之后，吓得赶紧逃窜，鞭炮"噼里啪啦"地响起来，估计那只小老鼠早就吓得魂飞魄散、屁滚尿流了吧。这些小男孩看到老鼠狼狈逃窜的样子，都哈哈大笑起来。这大约和人类的文化有关，老鼠被我们看成"四害"之一，它偷吃我们的粮食、传播鼠疫，对于人类来说，它只带来坏处，没有任何好处，所以，"老鼠过街，人人喊打"。是的，人类为了自己的生存可以消灭老鼠，但我们不可以虐待它，戏弄它，因为它也是自然界的生灵，在大自然中，它理应和人类享有一样的权利和尊严。蚂蚁当然也一样。蚂蚁虽然弱小，甚至我们一个手指头一次就可以按死很多只，但我们不能因为它弱小就不尊重它，就随便剥夺它的生命。因为如果我们没有学会尊重动物，尤其是尊重弱小的动物，那么我们也不可能真正地尊重人类自身，尤其是尊重那些比我们弱小的人，那些有身体残疾的人，甚至我们都不会尊重人的生命。所以爱动物就是爱我们人类本身，当一个人内心对动物怀有慈悲之心时，我们就不会担心他会去残害同类。

好了，让我们继续来说说"坏小子"藏獒曼晃吧。

藏獒曼晃就连主人"我"都感到头疼，它既是看家的好手，也是路遇危险时的好帮手，然而它野性未泯，杀心尚存，就连主人"我"都有可能被它吃掉。就在"我"犹豫着是否放弃曼晃的时候，一个意外的事件发生了。曼晃无意中看到了一头刚刚产下小羊羔的母崖羊。为了保护自己的孩子，母崖羊和一头雪豹对峙、战斗，在最后关头，母崖羊和雪豹同归于尽，而小羊羔却安然无恙。就在"我"认为"鹬蚌相争，渔翁得利"，曼晃一定会把得来全不费工夫的小羊羔吃掉的时候，奇迹发生了，曼晃非但没有吃掉小羊羔，反而恳求主人"我"能够收养小羊羔。野性的藏獒曼晃，就这样完成了渡魂仪式。

是什么让"坏小子"藏獒曼晃放下屠刀，立地成佛的？曼晃的心里缺乏的是爱，解铃还须系铃人，缺什么就要补什么。那就只有爱能够拯救它的灵魂。作者在最后说："我知道，是那只勇敢的母崖羊，用它缠绵而又坚强的母爱，重新塑造了曼晃的灵魂。"

其实我们人类中也有这样的人，小时候是无恶不作的"坏小子"，但浪子回头，长大后却成为人中龙凤。

《世说新语》中讲到吴国的一个人周处。周处小的时候，打架斗殴，凶暴强悍，被乡亲们认为是一大祸害。山上有恶虎，河中有恶龙，连同周处，被当地百姓称为"三害"。在这"三害"当中，老百姓最害怕、最厌恶的就是周处，也就是说，周处在老百姓的心中比龙虎都可怕。有人为了除掉周处，想出了一个一石三

鸟的好点子，他们怂恿周处去杀死恶虎和恶龙，实际上是想让周处杀了龙和虎，并且最好在拼杀的过程中他自己也能一命呜呼，这样三害一下子全除了，岂不是两全其美？话说周处上山杀了恶虎，又下河追杀恶龙，一直过了三天三夜，周处还没有回来，当地的老百姓都认为周处已经死了，大家高兴地一起又唱又跳地庆贺。其实周处并没有死，他杀死恶龙上了岸。当他听说老百姓都以为自己死了而拍手称快，这个时候，他才知道，实际上大家把他也当成了祸害。周处感到很伤心，开始反省自己，还去拜访了当时德高望重的陆机和陆云。周处说自己想改正错误，好好做人，可是觉得自己年龄已经大了，怕来不及了。陆云告诉他，古人很珍视道义，早晨学习了圣贤之道，即便是晚上死了也不遗憾。

后来吴国灭亡后，周处在晋朝做官，他为人正直，秉公执法，得罪了很多人。这一年，西北的氐族叛乱，周处被朝廷派到了前线。当时去的一些将领排挤他，不给他后援，他带领的士兵在饭都没吃的情况下就被推上了战场。周处知道必败无疑，可是他没有后退，一直奋勇杀敌，直到手中的箭都用完了为止。旁边的人都劝他撤退，他却按着剑说："这是我以身殉国的日子！"周处怀着对国家的爱，对天下苍生的爱，战死沙场。

是的，我们每个人一生中都难免犯错，有时候是有心的，有时候是无意的。犯错并不可怕，只要我们慢慢唤醒心中沉睡的爱，当爱的种子发芽了，恨的种子、残忍的种子，都会在心中慢慢萎缩。

一个好汉三个帮

——读书之遐想（二）

题 记

> 如果我们每个人都能够从自身出发，在面对竞争对手的时候，善待对方，尊重对方，关爱对方，竞争对手或许也可以变成伙伴和帮手。

"竞争"永远是自然界的第一旋律，那些健壮的、强大的动物在生存的竞争中占了优势，成为胜者，存活了下来；那些弱小的动物在竞争中败下阵来。这是任何动物都逃脱不了的宿命，我们人类也是一样。竞争给自然界带来了活力，因为有竞争的存在，我们看到动物们总是从孩子很小的时候就训练它们捕食的技巧，让它们学会独立生存的能力。如果没有竞争，人人都能饱食终日，那世界将会变成一个多么没有生气的世界！但竞争也带来了血腥的争斗，甚至是残酷的杀戮。我们常常会看到动物们为了求偶、为了争夺地盘而大打出手，失败者甚至为此付出生命。

中国有很多的俗语、典故都认为强者和强者是无法和平共存的，比如"一山不容二虎"。还有一个家喻户晓的"既生瑜，何生亮"的典故，更是认为两个优秀的人走到一起，不是东风压倒西风，就是西风压倒东风，是没办法同时熠熠生辉的，不是你死就是我活。

"既生瑜，何生亮"是《三国演义》里一个有名的故事，说的是周瑜和诸葛亮之间的暗暗较量。当然，历史上并无此事，这是作者罗贯中虚构的。历史上的周瑜雄才大略，气度恢弘，我们看苏东坡在《念奴娇·赤壁怀古》一文中说他是一代豪杰，"雄姿英发，羽扇纶巾。谈笑间，樯橹灰飞烟灭"。且不管这些，单从《三国演义》所虚构的周瑜和诸葛亮之间的故事，我们就能看出中国人的"竞争"观。在《三国演义》里，周瑜是个气量狭小的人，处处和诸葛亮比，处处想胜诸葛亮，最后却总是狼狈地败下阵来。诸葛亮曾经略施小计"三气周瑜"：周瑜曾和诸葛亮约定，如果周瑜夺取南郡失败，那么刘备再去取，结果周瑜忙活半天，胜利的果实却被诸葛亮巧妙夺去，搞得周瑜哑巴吃黄连，有苦说不出，这是诸葛亮一气周瑜。刘备的夫人死后，孙权听了周瑜的计策，假装把自己的妹妹许配给刘备，想把刘备骗到东吴杀了他。谁知道孙权的母亲看中了刘备，不仅不许孙权杀他，还真把女儿许配给了刘备。周瑜又想让刘备沉迷于声色犬马中，丧失斗志，但在诸葛亮的巧妙安排下，这些计谋都失败了。诸葛亮不但让刘备安然地回来了，还让周瑜的军队中了埋伏。周瑜真是"赔了夫人又折兵"，这是二气周瑜，并且这一气可不轻，周瑜都气吐血了。第三次气周瑜是周瑜想取回被刘备借走的荆州而不得，自己的军队却被诸葛亮使计团团包围，周瑜又气又急，这一次直接给气死了。死之前，周瑜向着苍天发出了追问："既生瑜，何生亮？"意思是，老天你既然生了我周瑜这么个盖世英雄，干吗又生一个那么聪明的诸葛亮，让我不得安生？

我们来看，在天下大乱、三足鼎立的时候，周瑜和诸葛亮不好好联手对付曹操，却相互明争暗斗；在争斗的过程中，两人采取的手段都谈不上光明正大，反而有些龌龊下作，总之，只要能把你踩下去，管他用什么手段呢！结果一代豪杰周瑜给活活气死了。当两个强者联合起来的时候，他们的力量就增加了一倍；当两个强者互相攻击的时候，只能是两败俱伤。对于人类来说，是选择共享共赢，还是选择两败俱伤呢？答案是不言自明的。

事实上，大到国家，小到个人，很多的纷争、冲突、意见、矛盾，看上去眼花缭乱，让局外人不明就里，但是只要你深入内里看一看，大都是因为在争夺利益的过程中，彼此互不相让造成的。小说中，诸葛亮日日算计，夜夜筹划，最后"出师未捷身先死"。互不相让的竞争会形成恶性循环，双方在不知不觉当中都被卷入无休无止的争斗之中，空耗了精力和生命，最后，谁都不是赢家。当翻开历史的漫漫长卷，我们会发现，无数的英雄豪杰都在反复地上演这样的故事。

我们要怀着一颗仁爱之心去竞争，在竞争中提升自己的实力，而不是"武大郎开店"，嫉贤妒能。怀着仁爱之心的竞争才是良性的竞争，才是充满爱和尊重的竞争。让所有的花朵都能够姹紫嫣红地绽放，让所有优秀的人都能够尽情施展自己的才能，让所有人都能够享受彼此的创造力所带来的成果……

你会说，这听上去是幻想，不现实，但如果我们每个人都能够从自身出发，在面对竞争对手的时候，善待对方，尊重对方，关爱对方，竞争对手或许也可以变成伙伴和帮手。有人开玩笑说："如果你打不败你的敌人，那就让敌人变成你的朋友吧。"

是的，俗话说"一个好汉三个帮"，只有学会合作共享的人，才能赢得这个世界。

书缘

——读书之遐想（三）

题记

能写出好书来的作家都是上天的使者，他们把最美好的礼物送给童年的我们。谁的童年是在坚持不懈的阅读中度过的，谁就拥有了童年真正的宝藏。

我小时候可以算得上是一个书迷。然而那时家里穷，没有余钱买书。想读书而又没书可读，那滋味就如同肚子饿了却无东西可吃一样，让人焦躁难耐。我常常把那一分两分的硬币积攒起来，到书摊上租书看。无钱租书的时候，我就去翻我家的书架，那上面的书都是爸爸早年买的，都是适合大人们看的书，对一个

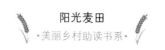

小学生来说，有的深奥如天书。可我饥不择食，胡乱啃读着，逮着一本就一口啃下去。我记得当时看过捷克教育学家夸美纽斯的《大教学论》，那是一本有关教育学理论的书，也许师范类的学生看更合适，可是这本书的语言很生动，我虽看得似懂非懂，却第一次深深地体会到了语言的魔力。那时我还看过书页都泛黄了的荷马史诗《奥德赛》，甚至看过《马克思恩格斯论教育》。我从不为看这些超出了自己理解力的书而苦恼，相反，看着伙伴们还在看幼稚的小人书，而我已经向大人们看的书进军了，我的内心还有点沾沾自喜呢！

由于功课紧，业余时间还常常要帮妈妈干家务，有了书往往没时间读，这是那时折磨我的另一种烦恼。我记得当时自己在本子上抄了很多的名言警句，什么"时间就如同海绵里的水，挤一挤总会有的"，还有鲁迅先生的那句"哪里有什么天才，我不过是把别人喝咖啡的时间用来写作罢了"，拿这些话当鞭子，鞭策自己忙里偷闲去读书，于是常常在上学放学的路上一边走一边看，或者一边吃饭一边看。这都不是好习惯，可是很多书，就是利用这些点点滴滴的时间读完的。

上了初一以后，父母开始控制我读课外书的时间了，理由是看这些闲书会耽误学业。于是，读书——不，读课外书，就变成了必须避开父母和老师的"地下活动"。到了初三，尤其是临近中考的时候，连"地下活动"都不得不取消了，我简直像个疯子一样投入了题海大战中，除了睡觉和吃饭，其余时间几乎每分每秒眼睛都只盯着课本和习题。这次倒不是父母逼迫，是我自觉自愿的。原因是初三这一年我出现了厌学情绪，成绩一落千丈，考上重点高中的希望十分渺茫，我这个时候才如梦初醒，试图利用最后的几十天扭转败局，于是就进入了这样一种疯狂的学习状态中。父亲很心疼我，为了让我放松一下绷得随时要断的神经，有一天，他想出了一个好主意，那就是在我吃午饭的时候，他给我读小说，这样，我就可以得到十几分钟的享受和放松。当时他给我读的是作家陈建功的小说《鬈毛》。二十多年过去了，现在，我已经记不清小说中的主人公叫什么，但是，小说带点戏谑的冷幽默的调子，主人公特立独行的、有点叛逆、有点倔强的行为方式，对那个年龄的我却有着极大的吸引力。我还能记得当时父亲一边读一边笑、我一边吃饭一边听的场景。就这样，每天中午，我像听评书一样，听父亲读《鬈毛》，这宛如给我迟钝麻木的大脑进行一次针灸。小说《鬈毛》就这样陪伴着我走过了那段辛苦的时光。

后来，我如愿以偿地考进重点高中，再后来，我考上了北京大学中文系。入学后我买的第一本书是我们学校出版的《精神的魅力》。我意外地发现，里面收有陈建功的一篇文章，原来《鬈毛》的作者竟是我的系友！我记得文章里写到，他上大学之前在北京京西的煤矿当了十年的矿工，他接到大学录取通知书的时候是吃过午饭后，他正躺着晒太阳。也许是作家具有传奇色彩的命运，也许是他面对命运戏剧性的转变却还能坦然晒太阳所呈现出的那份洒脱，也许是因为《鬈毛》给我留下的深刻的印记，总之，我很快到图书馆借阅了他其他的书籍。这是一种非常奇妙的感觉，一个作家，仅仅依靠他的作品，可以和无数的陌生人在精神上产生联系。同样，一名读者，通过阅读，可以到无数的作家的心灵里去探险。你和他也许隔着时间和空间无法逾越的鸿沟，可是，通过阅读这座桥梁，你和他在精神上很近很近地走在了一起。

故事还没有完。后来，大学毕业后，我被分配到中国作家协会。上班的第一天，我突然发现陈建功就在这里工作。我立刻兴冲冲地给父亲打了个电话，我的语调是很自得和骄傲的："爸爸，你知道吗？《鬈毛》的作者就是我们单位的，他在六楼办公，我在七楼。"

在与书为伴的日子里，有很多值得回味的故事发生，这只是其中很有意思的一个。真的，能写出好书来的作家都是上天的使者，他们把最美好的礼物送给童年的我们。谁的童年是在坚持不懈的阅读中度过的，谁就拥有了童年真正的宝藏。

阅读、冰淇淋和美甲

——读书之遐想（四）

题 记

让我们像定期美甲一样定期去逛逛书店吧，染指甲会美丽我们的身体，读书会美丽我们的心灵。

在我家旁边有一家偌大的图书大厦，每次带女儿去买书，走在一排排干净整齐的书架间，半天都遇不到一个人，令人窒息的静默每每让我有马上逃走的念头。我忍不住在心里嘀咕：顾客这么少，书店怎么维持下去呢？书店的右边是家冰淇淋店，人们正排着长队购买，一个大号冰淇淋需要五十二元。书店的左边是家美甲店，这里的生意更是火爆，护理一次指甲加上涂甲油大约需要一百元。一本书能值多少钱呢？十元、二十元罢了，半个冰淇淋或者涂一个指甲盖的钱。这说明不买书不是因为腰包瘪，而是实在没有消费的欲望。

秦文君在《神秘的吉祥物》的前言中说："如若没有阅读的光芒，我所有的生活、感情世界以及写作热情就暗淡了。察看书籍对于一个人的影响，可以发现它重要得恍如这个人心灵的颜色。"然而国人对于心灵的颜色的重视，毕竟不如对于指甲的颜色的热衷——心灵的颜色谁又看得见呢？而指甲的颜色却可以一路招摇。这正如炫富的女子会一手挎爱马仕，一手提路易威登，却不会拍拍自己的胸脯，说里面装着一二百本书。阅读的光芒照亮的是内在，却不可能把它打制成金灿灿的项链戴在脖子上示人。

也许在这个时代需要《穿越时空遇见你》中那个神奇的图书驯服师。"好像被一双神奇的手拂过，所有暴躁蹦跶的书突然安静下来，像琴键一样愉悦地被触碰被抚摸，渐渐平息安宁下来，就在当时，一个纸片一样的人在书缝间一闪而过……"图书驯服师会把人引入魔力无限的书的世界。在郁雨君充满天真的想象之中，世界上最有魔力的地方就在书本里。的确，阅读能够为我们的生活打开一扇又一扇的窗子，让我们看到人生另一种风景。比如一个十岁的法国小女孩，她从小跟拍摄野生动物的父母在非洲丛林长大，她与野象相亲，同鸵鸟共舞，还有变色龙、牛蛙、豹子、狮子、狒狒……一个个给她带来奇趣、欢乐、惊险和幻想，最终这些野生动物都成为她最好的朋友。这一切都不是虚构，纵然这样的生活你我一辈子都没有机会去体验，却并不意味着别人就没有这样的幸运。法国女孩小蒂皮写了《我的野生动物朋友》，书中写了她与非洲各种野生动物生活在一起的动人故事和她的亲身感受。如此不可思议又如此真实，阅读让我们把别人的体验变成了自己的体验，阅读让远方遥不可及的奇迹变得触手可及。

也许我们不一定会以如此功利的目的来对待阅读，要求阅读一定要为我们带来什么。有时候阅读就像夏日傍晚的一缕风，从我们的脸上拂过，让我们感到一刹那温柔的惬意，这就够了。它不一定是我们通往某个世界的桥梁。如果我们在一个安静温暖的午后，不携带任何心事来翻一翻那些或美丽清新或深情委婉的文字，让它们如水一样漫过我们的心头，缓缓流淌，涌起细小的涟漪，也是一种别样的快乐吧。

　　阅读就像万花筒，它带给人的体验是立体的、丰富的、多层次的，或者说阅读会把单调的生活变成万花筒，那些不起眼的小物件，在一个了不起的作家的笔下，会建构出一个精彩绝伦的文学世界；那些容易被人忽略的日常生活的背后，掩藏着深邃的科学的真知。我想对那些爱美的女孩子们说，让我们像定期美甲一样定期去逛逛书店吧，染指甲会美丽我们的身体，读书会美丽我们的心灵。

关于阅读的断想

——读书之遐想（五）

题记

文学经典是那些大师们，用他们超人的智慧、非凡的才情和悲悯的情怀点亮的一盏盏明灯，它们的光芒或柔和或耀眼，只要你亲近它们，它们将永远照亮和陪伴着你的心灵。

一、"读一本坏书，还不如不读书！"

阅读是一种传递，传递思想、情趣与美感。一代人与一代人之间因为阅读实现了心灵的交汇与相互的凝视。阅读不单单让我们放松、愉悦，发出笑声，更重要的是它让我们默默地思考，在沉静的思考中完成情感和认知的成长。著名的教育家苏霍姆林斯基说过："一个真正的人应当在灵魂深处有一份精神宝藏，这就是他通宵达旦地读过一两百本书。"然而俄国的大评论家别林斯基也说过："读一本坏书，还不如不读书！"

有一天早晨，我送女儿去学校，女儿一进校门，就和一个胖胖的男生嘀咕着，我看见女儿皱着眉头说："不行！"我不知道他们在说什么，但心里觉得女儿对同学的态度比较差，心想回头一定要教育她团结同学。这个时候，这个男生隔着学校的铁栅栏门，向我说："阿姨，我爸爸本来要带我到前面的报刊亭买书的，他急着上班，没来得及带我去买，您能带我去一下吗？"我女儿学校的校规是如果没有熟悉的大人领着，学生是不能自己走出校门的，哪怕报刊亭就在十米之外。我看到女儿在他身后朝我挤眉弄眼，意思是让我不要带他去。但我不太会拒绝别人，而且他又长着一双水汪汪的大眼睛，那么无辜地看着你，人家是想去买书，又不是想买游戏卡，我怎么好意思不答应呢？于是呢，不顾女儿的反对，我就牵着他的手去了。

到了报刊亭，这个男生买了好几本书，花了不少钱。等他买完了，回学校的路上，我说："我能看看你买的书吗？"他拿给我一看，最厚的那本竟是《〈愤怒的小鸟〉游戏攻略〉》，我这下子觉得自己确实上当受骗了，一定是他爸爸不想让他玩游戏，所以才不带他来买，根本不是没时间。我又看了看他买的另外两本书，一本是猫小乐的《阿衰》，一本是笑话漫画集《爆笑校园》，后面这一本书有些文字很低俗，连我这个大人看了都觉得脸红。当时我问他："这就是你平时爱看的书吗？"他点点头，说："是啊。"我说："你应该多看看其他的一些好书。"

因为路很短，我们来不及细谈。到了晚上，据我女儿回来说，这个男生很得意，他跟我女儿说："怎么样？让你跟你妈妈说说带我去，你不肯，还不如我自己来求你妈呢。不过，你妈真是个奇怪的人，她居然说这些不是好书，让我多读读其他的好书。"我原以为我是学雷锋做好事呢，却被看成了一个奇怪的人。呵呵。从这件事中，我们可以看出，我们的家长不愿意孩子老玩游戏，但是对玩游戏，家长采取的是"堵"的方法，而不是和孩子一起看看，除了玩游戏，业余生活还能干点什么其他的事情。对于孩子看的书，也缺乏一个正确的引导。除了班级里同学们相互间传阅的书，家长有没有留心一下最新的出版信息？有没有在童书的阅读方面稍微下一点功夫？用真正的好书来引领他们，也许他们就不会这样痴迷于游戏和成堆的流行读物了。

二、畅销与经典

畅销书是很多很多的读者目光聚焦的书，在这样的强光照耀下的书，对它们来说是荣誉，是某种价值的佐证。再没有比在畅销书榜上看到很多经典书目更令人开心的事了，因为畅销书不是小众的，不是某一类人阅读趣味的晴雨表，它属于大众，是最广泛的读者群的选择。畅销书榜品格的提升，某种程度上意味着民众一种整体性的、普遍性的文化素养的成长。尼采说："一个人著书立说，不仅希望被人理解，同样也希望不被人理解……当著作本身要表达自己的观点时，它的每一高贵的精神和情趣也在选择它的读者；与此同时，也就排除了'其他的人'。"只有真正的经典之作才敢有如此孤洁的姿态，所以说当一部经典被最大范围的人群所"理解"，与其说是作者的福音，不如说是读者的福音。

那些以熠熠光辉照亮我们内心的经典，总是在传递着爱、同情、梦想和良知，无论读多少遍都不会感到厌倦。卡尔维诺说："一部经典作品是一本每次重读都好像初读那样带来发现的书。"我们要珍视经典。当我们的目光虔诚地落在那些用生命写就的文字上，就如同给经典插上了一根羽毛，无数的羽毛合成了经典华美的翅膀，让它在人类的内心飞得更高更远。

三、不要让好书沉睡

专一某些时候也会造成单一。看书毕竟不是谈恋爱，专一的品格在对待爱情上是一种美德，在读书上就可能变成一种局限。在我们的目光到不了的暗影里，可能静静沉睡着很多的好书，等待我们去翻开，等待我们去唤醒它们的生命、光彩，打开一个隐藏着的丰富生动的世界。不错，连小鸡卡梅拉们（《不一样的卡梅拉》）都在这么想："生活中肯定有比睡眠更好玩的事情！"这群平凡的小鸡厌倦了平凡的鸡窝生活，它们去看海，去摘星星，去追回逃逸的太阳。它们的生活多姿多彩，它们看到了完全不同的世界。

打开一本书，一本经过岁月淘洗的经典之作，在清晨，在黄昏，在雨夜，在雪天，在图书馆安静的阅览室里，在公交车站等车的间隙，在寒暑假那些阳光灿烂的午后……我们低头不语，让身心和作者进行一场奇妙的跨越时空的精神交汇。但愿这种凝思阅读的沉静的姿态，能成为陪伴我们终生的一种姿势。文学经典是那些大师们，用他们超人的智慧、非凡的才情和悲悯的情怀点亮的一盏盏明灯，它们的光芒或柔和或耀眼，只要你亲近它们，它们将永远照亮和陪伴着你的心灵。

文豪武将辛弃疾

——读书之遐想（六）

题记

> 像辛弃疾这样文武兼备的奇才，中华上下五千年，你就是打着灯笼找，估计也找不到几个人吧？这就怪不得有人夸他是"人中之杰，词中之龙"了。

你一定听说过岳飞抗金的故事吧？一个忠心耿耿的民族英雄，却被宋高宗赵构和大奸臣秦桧以莫须有的罪名杀害了。这个历史故事你一定听妈妈或者妈妈的妈妈给你讲过很多遍了吧？岳飞死于1141年1月27日（南宋绍兴十一年腊月二十九），而就在他被杀害的前一年，另一位抗金英雄诞生了，他就是辛弃疾。

你一定听说过苏轼吧？"唐宋八大家"之一，北宋词坛豪放派的代表，你扳着手指头数中国历代的大文豪，屈原、杜甫、李白、韩愈……估计很快就会数到苏轼的。还有一个词人，和苏轼同属豪放派，在文学成就上绝不亚于苏轼，后人把他俩并称为"苏辛"，瞧，我不说你也能猜得出，这人就是辛弃疾。

文，不逊于苏轼；武，不输于岳飞。像辛弃疾这样文武兼备的奇才，中华上下五千年，你就是打着灯笼找，估计也找不到几个人吧？这就怪不得有人夸他是"人中之杰，词中之龙"了。

辛弃疾从小熟读儒家经典，遍览各家兵书。他是个学富五车的书生，不过，他绝不是那种"两耳不闻窗外事，一心只读圣贤书"的书呆子，也不是肩不能挑、手不能提的文弱书生。

——二十二岁拉起一支两千人的队伍，起兵反金。

——策马狂奔八十里，只身追杀盗走起义军军中大印、投敌求荣的义端。

——带五十人闯入金营，在金兵眼皮子底下，闪电般生擒叛徒张安国，并策动一万多士兵起义，归附南宋。

这可不是虚构的武侠小说里的情节，所有这些传奇故事的男主角都是同一个人——辛弃疾。据说连皇帝赵构听说了他的事都忍不住点头赞叹。喏，这是有史料为证的，洪迈在《稼轩记》中这样描绘当时的情形："壮声英概，儒士为之兴起，圣天子一见三叹息。"

可见辛弃疾的英雄豪迈气概给了当时懦弱无能的南宋朝野怎样的震动。辛弃疾不但能驰骋战场，上马杀敌，还是个军事战略家。他上书皇帝的《美芹十论》，上书宰相虞允文的《九议》，对当时金、宋两国军事、政治形势的分析，显示了他卓尔不凡的军事才能。虽然笼罩在一片投降声中的南宋朝廷不可能采纳他的建议，但他却愈挫愈奋，一生都坚持自己的信念。这就是辛弃疾，一位像岳飞一样能征善战、跨马横刀、神威凛凛的武将。

前面说过，辛弃疾是书生。他虽然能带兵打仗，但并不是没有文化的一介武夫。大诗人陆游曾经在一首诗中提到，辛弃疾的书架上摆着足足有万卷的图书。你只要看看他的词作中众多历史典故顺手拈来的气度，就知道这一万卷书他决不是摆在那里假充门面的。辛弃疾光词作就留给后世六百二十九首，是宋朝词人中留下词作数量最多的一个。"唐诗宋词"，这是大家都知道的，宋朝有多少大名鼎鼎的词人：苏轼、柳永、李清照、欧阳修……哪个不是光照万代的大文豪？而辛弃疾，堪与他们任何一人比肩。

很多耳熟能详的名句，比如"少年不识愁滋味，爱上层楼。爱上层楼，为赋新词强说愁。而今识尽愁滋味，欲说还休。欲说还休，却道天凉好个秋"，再比如"青山遮不住，毕竟东流去""醉里挑灯看剑，梦回吹角连营"……这些都出自辛弃疾的生花妙笔。

你或许听说过吧，近代著名学者王国维，曾经引用一些词句形象地说明古今成就大学问大事业者的三层境界，其中第三层境界就是"众里寻她千百度，蓦然回首，那人却在灯火阑珊处"。这句话就出自辛弃疾的词《青玉案·元夕》。辛弃疾的词，风格多样，有的沉雄豪迈，有的婉约细腻，但以豪放者为主。他留下了很多闪耀着爱国主义思想的杰作。

辛弃疾还是一位爱民如子的好官员。南归之后，他历任湖北、江西、湖南、福建、浙东安抚使等职。他是主战派，一生都遭到投降派的打压和排斥，被迫不停地迁徙，很少在一个地方和岗位上连续干几年。他甚至还连续两次被罢官，曾经赋闲在家长

达十几年。但他每到一处，都能兴利除弊，关心百姓疾苦，整顿社会秩序。在滁州任知府的时候，遭受战乱的滁州一片荒芜，民不聊生，他采用种种措施，变魔术般地把这荒芜之地变成了政通人和的繁华之城。

由于南宋朝廷的苟且偷安，辛弃疾光复故国的雄心壮志难以实现，他的治世之才也没有得到充分的展现。但是他的英雄气概，他备受打击却终生不改的一腔爱国热情，他在文学上的盖世才华，千百年来受到一代又一代人的景仰。

他是一道立起来的河

——人的风景（之一）

题记

> 在我眼里，他身上最为可敬、可爱之处，不在于他的"大"，而恰恰在于他不惧"小"。

在高洪波身边工作十年，自以为很了解他，但真要落笔却又觉得无从说起——如同面对一座高山，需有一支雄笔，才能写就其气象万千的雄姿，而鲁钝如我辈，笔力又纤细，如何绘得出其魂魄！

在我看来，高洪波是当得起一个"大"字的：先说名字，让人一听就想起曹操《观沧海》中的诗句："秋风萧瑟，洪波涌

起"，沉雄大气。再说形象，用"人高马大"一词来形容他最为恰切，尤其是他说起话来，笑声朗朗，气出丹田，声若洪钟。有人说他像是成吉思汗的后裔。他是汉族人，但出生于内蒙古，因此，他身上也许真的流淌有那位一代天骄的血液。还有创作成就，他是大家公认的大作家，作为当今文坛有名的"多面手"，他横跨儿童文学和成人文学两个领域，散文、诗歌、童话、小说、评论等各门类都成就非凡。最后再说说他的为人，"大度"和"宽容"是周围人评价他时使用频率最高的两个词。总之，高洪波就是这么一位有着大智慧、大胸怀的人。

然而，在我眼里，他身上最为可敬、可爱之处，不在于他的"大"，而恰恰在于他不惧"小"。作为一位著名作家和文化界的领导，他有着各种各样的头衔，但在他的名片最醒目的位置上，印着的却只有这样一行字：儿童文学作家。在很多人把儿童文学视为小儿科的时候，他却以这种身份为荣，以大手笔写小世界。从1979年至今，他已经为孩子们写了几十本书，其中有两篇文章被选入了小学教材，一篇选入高中教材。非但如此，他还越写越"小"，进入新千年后，他把主要精力都放在了低幼文学创作上，为孩子们奉献了诸如《鱼灯》、《遇见不不兔》、高洪波"板凳狗幼儿童话系列"等优美的幼儿文学作品。鲁迅先生说："怜子如何不丈夫。"高洪波说："儿童是最可尊敬的人类。"正是这种对弱小者的拳拳爱心，反映出了一个人人格的伟大。

有容乃大

前面说过，高洪波生于内蒙古，十三岁时随父南迁到贵州，而后到北京，再到云南，十年军旅生涯后又回到北京，弃武从文，在中国作协系统工作至今。冰封雪飘的北国风度和潮湿柔润的南国气质，横刀跨马的军人豪气和敏感细腻的文人情思，就这样天衣无缝地融会在他的身上。也许正是上苍对他的眷顾，使他在迥异的地域文化里浸淫过，在跨度极大的行当里历练过，使得他具有了一种海纳百川的气度。

高洪波是个很宽容的人，他对自己的要求是不臧否人物。同事多年，我的确没听他在背后说过别人的坏话。而且他总能很快把心中的不快忘掉。记得有一次，我对一个人很不满，忍不住在他面前发牢骚，但他很平静地跟我说："她不是为了个人，她这么做都是为了儿童文学，这点精神就是很可敬的。"正是他这种宽容的心态，使他的内心没有芥蒂。心存芥蒂，就如同在心灵中不停地储存垃圾一样，时间长了，这些有害物质就会毒化人的心灵和身体。见过高洪波的人，都说他是快乐开朗的，是个阳光大男孩。我想，他的达观源自他的宽容。正是他这种大而化之的性格，才使他在和别人的相处中，使他在干事业时，较少受到影响，能够一心一意地去做一些有意义的事情，而不是在斤斤计较、睚眦必报中空耗了生命和青春。

这种兼收并蓄的品格还反映在他的为文上。读过他的童趣四溢的儿童文学作品的小读者们，也许很难想象，这位童心十足的儿童文学作家，还写了那么多充满阳刚之美的军旅散文和深沉厚重的文化散文。高洪波的一大爱好是收藏古玩，这一爱好是要以广博的知识做后盾的。我在看他的文化散文集《墨趣与砚韵》的时候，发现那个幽默活泼的儿童文学作家退场了，站在我面前的是一个目光深邃、知识渊博、对民族文化无比热爱的学者。

天道酬勤

从高洪波身上总结出的道理，有一些是早被人说烂但是又确实是真理的东西，比如天道酬勤。高洪波的勤奋不是常人所能达到的。现代人总是说自己忙，高洪波可能是忙人之中的忙者。他公务相当繁忙，我记得有一次在电梯里碰见他，他有点略带无奈地说："唉，又要去开一个会。"我跟他开玩笑说："你的时间就像一块香喷喷的大蛋糕，人人都想分享一块。"出差对他来说是家常便饭，往往是今天在这个城市，明天已经到了另一个城市了。尽管如此忙碌，他却从来没有丢弃写作，已经出版了四十多本专著。他的秘诀是什么？无他，就是"勤奋"二字。有一次，我去找他谈事情，看他正在写着什么，我也没有在意，就这样去了两三次，每次去，他都放下手中的笔，耐心地听我汇报，没想到，他当时正在创作一组诗。高洪波对创作环境几乎没有什么要求，他能随时从工作状态进入创作状态，而且两不耽误，这种切换之快，令人惊叹。2004 年他在党校学习，这个勤奋的人，每天都记日记。我看过他外出调研时的笔记，厚厚的一大本。调研本来就

很辛苦，有时候，回到宾馆已是深夜，我注意看了看这些笔记的写作时间，很多都是他凌晨起来把前一天发生的事情记录下来的。他很快就会有一本党校笔记出版，这几十万字的书就是他利用零打碎敲的时间，一点一点积累下来的。他让我常常想起银行的一项叫作"零存整取"的业务，是的，高洪波总是把他的时间一分一秒很珍贵地存起来，一年下来，他就是用这些时间的边角料写了很多东西呢。

说高洪波勤奋，他又决不是把自己关进书房死用功的那种人，他是个活跃的文体爱好者。他的乒乓球打得很好，曾经拿过中国作协机关的第一名。每到中午，就会看到他换上球衣，和机关的同志们大战一场。所谓有张有弛乃文武之道，在高洪波这里又一次得到验证。高洪波对待玩，决不是用游戏的态度，他总是很认真很投入，一如他对待写作、对待工作。记得有一次大家一起游泳，本来嘛，游泳就是玩一玩，然而高洪波不这样认为，他非要跟人家比赛，而且他得了个第一名。记得有一次他打乒乓球，连赢一个同事四局，他很得意。我开玩笑地说："那是人家让着你呢。"高洪波突然满脸不高兴地说："要是需要别人让球的话，那还打什么球呢。"他那种认真的样子真是让人忍俊不禁。不过，也许正因为他对待玩的态度这么"敬业"，才使得他能够得到彻底的休息和放松，从而能保持充沛的精力投入创作和工作中吧。

爱心+幽默

我前面说了，对高洪波心存敬意，最大的原因是因为他心怀慈悲和爱。他爱孩子，爱小动物，爱自然界中的一切生灵。他的散文里，光写蝈蝈的就有七八篇，而且连蚊子这个不起眼、遭人厌的小生物，他也趣味盎然地写了一篇。我的好朋友《文艺报》记者刘廷页经常跟别人说起这么一件事：有一年，我们一起去浙江开会，到一个山里参观，山里有一个金鱼池，池边备有鱼食，大家纷纷往水边撒鱼食，鱼群很快围了上来。这个时候，就看高洪波一人把手中的鱼食奋力往里抛，一边撒一边喃喃自语："小鱼吃不着，小鱼吃不着。"原来他怕小鱼们抢不过大鱼，就把鱼食尽量往里面扔。还有一次，我带五岁的女儿到单位，很多人都弯弯腰逗她玩，只有高洪波，一见她，一下子蹲下来和她说话。他这个下意识的动作让我很感慨——他对儿童的爱，对儿童的这种平等的意识，的确是体现在点点滴滴的日常生活中。

高洪波还有人所共知的一大特点，那就是幽默。儿童文学作家安武林还专门就他的幽默写了一篇文章。我自忖写不过安武林兄，本想对洪波的幽默避而不谈，免得露怯。后来到底忍不住还是想写一写，那是因为北京市中考语文试题里，有一道十六分的阅读理解题，考的就是高洪波的一篇文化散文《西皮流水》，谈的是国人对京剧的痴迷。谈文化，往往给人的印象是板起一张深沉的脸。可是高洪波不这样，他切入的视角真够独特的——从澡堂子里洗澡的一个大男人突然唱起京戏写起。从这样一个略显滑稽的场面谈到严肃的民族文化问题，在轻松幽默的文字后面有着深沉的意蕴，这是高洪波很多文章的特点。他的幽默，源于他的睿智，源于他的善解人意，源于他的达观，源于他对生活和生命的深挚的爱。

高洪波是一条波涛汹涌的大河，但我更愿意说他是从万仞悬崖飞泻而下的飞瀑——一道立起来的河，既有大河的洪涛大浪，又有万鼓齐鸣的雄浑。同时，我们看那飞珠溅玉，那一丛一簇洁白的浪花，在逼人的气势之下，有一点温润和顽皮。他有着飞瀑雄阔的胸襟，有着浪花的俏皮和幽默，也有着不被河床约束的自由的快乐。他大声哼唱着歌儿，一路飞奔而下。

"我们一百倍地敬重他!"

——人的风景(之二)

题记

> 在我看来,樊先生这个护花人,是从牡丹芍药到小草嫩苗一视同仁地爱护,对后者,或许付出的心血更多一些呢。

樊发稼先生是瘦的。

在我眼里,他是儿童文学作家中最瘦的一位。他和高洪波坐在一起的时候,最是相映成趣,因为他们的体重都是"90",只不过,洪波的计量单位是"公斤",樊先生的是"斤"。所以呢,对洪波,我们会委婉地说:"您个子这么高,现在这个体重也还行,不过请不要再胖了。"对樊先生呢，每次见到他，我都恨不得变成能干的家庭主妇，煲一锅酽酽的汤，什么鸡汤啊鲫鱼汤啊排骨汤啊送给他，当然啦，最好是一锅魔术催肥汤，让他喝过之后，像吹气球一样一眨眼就胖起来。

然而樊先生又是最激情四溢的。

刚刚从鲁迅文学院第六届高级研讨班（儿童文学作家班）结业的学员们一定还记得那有趣的一幕。那天，在京的中国作协儿童文学委员会的委员们到鲁院和大家座谈。樊先生一开口，就让那些初次见他的学员，改变了对一个老权威讲话方式的既定想象（比如在儒雅、沉稳中缓缓道出对后辈们的拳拳期望之情）。不错，他七十岁了，但他的笑容只有七岁。他满面红光、精神抖擞，又分明是十七岁。他语调激昂声音嘹亮，宛如天际滚过的雷声，让人觉得他瘦而不弱，根根骨头是钢筋，决不是易折的芦苇。他说："如果让时光倒退三四十年，我也会争取像在座的各位一样，当一回鲁院学员。我是那么地羡慕你们，一百倍地羡慕你们！"这个始料未及的开场白，赢得了持续不断的掌声。接着，樊先生讲责任，讲立志，讲对人生对事业的大爱，讲对儿童文学要有一种"近乎宗教徒般的虔诚"。他不是干巴巴地讲，他是以俄国伟大诗人普希金为例来讲这一切的。讲着讲着，他便从"激情"到"忘情"，突然用酣畅流利的俄语朗诵起显然早已烂熟于心的普希金的诗歌《我曾经爱过你》：

我曾经爱过你，爱情也许

还没有完全从我的心灵中消亡，

但愿它不会再烦扰你；

我一点也不愿再使你难过悲伤。

我曾经默默地，无望地爱过你，

我忍受着怯懦和嫉妒的折磨，

我曾经那样真诚地、那样温柔地爱过你，

愿上天会给你另一个人，也像我爱你一样。

完了后，他意犹未尽，又朗诵了一首《纪念碑》：

我为自己建立了一座非人工的纪念碑，

在人们走向那儿的路径上，青草不再生长，

它抬起那颗不肯屈服的头颅，

高耸在亚历山大的纪念石柱之上。

不，我不会完全死亡——我的灵魂在圣洁的诗歌中，

将比我的灰烬活得更久长，和逃避了腐朽灭亡——

我将永远光荣，直到还只有一个诗人

活在这月光下的世界上。

之所以要不吝篇幅，把这两首诗的片段抄录于此，是因为只有这样才能部分地还原当时的场景，就是对于听众来说，当时宛如庄周梦蝶一般，坐在台上的，普希金乎？樊发稼乎？不管是谁吧，反正这饱满、博大、真诚的诗句击中了在座的每一颗心。一位文学前辈对后进的无限深情的期待，都已蕴含其中，还需要用说教的语言画蛇添足地去诠释吗？所以，会后，来自广东的学员张怀存才会在博客上发自内心地写了一句："樊发稼老前辈一百倍地羡慕我们，而我们一百倍地敬重他！"

熟悉樊先生的人，无不知道他这种"樊氏"发言风格。每一

次研讨会上，只要是他认为好的作品，都会慷慨陈词不遗余力地推荐，其语气和态度之坚决，让大家的印象极为深刻。心底无私，自然就会仗义执言。当代活跃在儿童文学文坛上的作家们，很多人都受过樊先生的提携和帮助：参加他们的研讨会，为他们的新书写序，为他们加入作协积极推荐……

一位来自辽宁的年轻作家，曾经给我讲过这样一个故事：他珍藏了樊先生的一份研讨会贺信，当时先生因为眼疾不能参加会议，竟然是戴着墨镜一面流着眼泪，一面对着屏幕在电脑上"敲"出这封信的："这次为了准备参加作品研讨会，我将他的中短篇小说集逐篇拜读了，真是不看不知道，一看'吓'一跳！作品写得很好、非常好！他的作品，对相当多的儿童文学同行和读者，还显得有些生疏甚至陌生，远没有达到广为人知的程度，其原因可能是多方面的。我作为一名以发现、支持和促进文学新人为己任的评论工作者、儿童文学研究人员，愿意在这里承担一份失职的责任……"

我相信樊先生在信中的话决不是故作姿态，因为前不久我刚刚参加了一个樊先生热情张罗的研讨会。被研讨的作家已经七十多岁，不甚有名。我翻看其五本著作，倒有三本是樊先生作序。他的序不是空话套话，对作品的长处短处都有着极详尽中肯的评析。对成名作家的成名作品进行评价是在情理之中，对一些默默无闻的作者花这样大的力气扶持，就不能不体现出一个人胸怀的慈悲和伟大。为此，束沛德先生称赞他是儿童文坛的"护花人"。在我看来，樊先生这个护花人，是从牡丹芍药到小草嫩苗一视同仁地爱护，对后者，或许付出的心血更多一些呢。

樊先生的激情，我想是源于他对儿童文学事业的敬畏和痴迷。说起他和儿童文学的缘分，也算是个小小的传奇。樊先生虽自小热爱文学，上大学时就开始发表作品，1956年，还因为创作上的成绩被吸收到上海青年文学创作组，曾得老诗人芦芒、沙金等的面授指导，但是，在大学毕业后的二十几年间，他一直从事着和文学毫不相干的工作，在很长的一段时间内做的是文秘工作。前不久，在江苏昆山中国作协儿童文学创作基地的揭牌仪式上，樊先生文采华美、热情洋溢的讲话，让坐在台下的一位听众叹曰："瞧这老先生四六句用得这个娴熟！"我说："你以为呢，他可是给领导写过多年的讲话稿呢！"虽说樊先生出色的才干让他很快就被提拔为副处长，此后，单位领导又有意让他当局长，但是，对文学的热爱让他"弃官从文"。1980年夏天，中国社会科学院向全社会招贤，43岁的樊先生毅然改行，考进了社科院文研所，专职研究儿童文学。在文研所，单位领导几次找他谈话，希望他出任副所长，但都被樊先生婉辞了。有人说，人生是短暂的，短暂到只能做好一件事情。也许正是因为懂得放弃，只抓住生命中最钟情的那一件事，心无旁骛地一路走下来，樊先生才获得今天的累累硕果。

你听！那是在他的儿童文学创作五十周年纪念会上，孩子稚嫩的声音在朗读他的诗作："小蘑菇／你真傻／太阳／没晒／大雨／没下／你老撑着小伞／干啥？"这是他广为人知的作品《小蘑菇》。樊先生的儿童诗脍炙人口，自成一家。他在写作中蔑视平庸，做到了人无我有、人有我新、人新我奇、人奇我绝，尽心竭力创作真正属于自己的一滴水，注入无限广阔的文学艺术的海洋中。迄今为止，他已出版了五十多种文论集、作品集，有《樊发稼儿童文学评论选》《樊发稼幼儿诗歌选》《书香芬芳——樊发稼书评选》等。其中《小娃娃的歌》获中国作家协会首届全国优秀儿童文学奖。他因"致力于儿童文学创作、理论研究及评论，三者兼备成就斐然"，获得"台湾杨唤儿童文学奖特殊贡献奖"。

大家都还清晰地记得那个激动人心的日子——2005年5月26日。这一天，"庆祝樊发稼儿童文学创作五十周年"的活动在合肥隆重举行。安徽省作协常务副主席刘先平发表了热情洋溢的讲话，并代读了中国作协儿童文学委员会主任委员束沛德发自加拿大蒙特利尔的贺信。《作文大世界》主编刘崇善专程由上海赶到会场，带来了上海市作协儿童文学委员会的贺信。发来贺信的还有全国各地的儿委会和作家们，人们向这位在我国儿童文苑辛勤耕耘的出色园丁表达了发自心底的祝福。会上，樊先生做了题为《我与儿童文学》的讲演。他向各界朋友们表示最真挚的谢意，并表示一定把五十周年作为一个新的起点，继续奋发工作，不辜负大家的殷殷期许，为儿童文学事业再努一把力。

与樊先生是忘年交的臧克家曾这样评价他：朴实为人，热情为诗。他的第一本诗集，就是臧老题写的书名。儿童诗选集《兰兰历险记》，也是臧老作的序。他在北京的居处与冰心生前的家也相距不远，冰心老人曾为他的第一本评论集《儿童文学的春天》

题写书名。如今那两个牵过他的手、引领他前行的大师级人物已经功德圆满，照耀儿童文学之路的火炬交到了他这一辈的手里。正因为如此，樊先生走到哪里都强调，一定要尊重前辈、尊重文友。他说，我们都是踩着前人的肩膀上来的，我们的先辈创造了中国的现代儿童文学。儿童文学是蔚蓝的天空，是属于你们这一代作家们的，火炬迟早要传到你们手中。

有一次，我把这个意思说给《文艺报》"儿童文学评论版"的主编刘颋听。我说："樊先生就是个为儿童文学高擎火把的人。"淘气的刘颋摇摇头，笑着说："不，他不是擎着火把，他是把自己当火把。知道他为什么那么瘦吗？因为他燃烧的是他自己。"

真的呢，每当樊先生为一些新人、一些作品热情地鼓与呼的时候，他的情绪立刻就如同鼓满风的帆。他仿佛是用自己的人格——他恨不得掏出自己的心肺，来向你保证，来向你力荐。那个时候，我的确感觉他如蜡烛，我甚至听到了蜡烛在燃烧时那"嘶嘶"的声音。

樊先生是为儿童文学才燃烧成这瘦瘦的样子吗？那这里面也有我一份"功劳"吧。作为中国作协儿童文学委员会的副主任，樊先生对儿委会的事情，那总是招之即来的，而且每次来，都是坐公交车。北京的路况和公交车的拥挤程度，相信来过北京的人都记忆深刻吧。从樊先生的家到中国作协，少说也要一个小时，遇到堵车，那就更没法说了。可是，每次，樊先生都会提前到，都是他等我们，从来没有我们等他的时候。看着他辛辛苦苦地坐公交车，我这个儿委会秘书，每次都有失职的内疚，总是劝他："您坐出租车来吧。您为作协无偿地工作，交通费我们总要负担的吧。"但樊老师每次都轻松地不以为意地笑笑："没事啊，坐公交车也很顺啊。"到后来，就连一天到晚忙得不可开交、无暇他顾的高洪波都注意到这个问题了。有几次，他专门找我，嘱咐我说："让樊老师打车来，我们给报销。"

然而，樊先生总觉得既然坐公交车可以，为什么要浪费那笔钱。就这样，不论是炎炎夏日的三伏天还是三九严寒天，樊先生一如既往地坐公交车来，坐公交车走。

樊先生，知道吗？您一生著作等身，参与了儿童文学界很多的大事情。但是，您最让我感动的，还是这件小事情。不过，我还是要劝您——像以往唠里唠叨多次劝过您的："要多吃饭啊，要

胖一点呀，要把身体养好啊！"

因为，儿童文学界有您这样的前辈在，人们心里踏实呀！

风雨童心

——人的风景（之三）

题 记

> 那些辽阔的苦难没有把她的心灵压得变形、褊狭，相反，在磨难过后她反而释放出博大的爱心。

1997年我大学毕业后到中国作协工作，那时我还不知道有一批人专门为孩子们写作。有一天，我写了一首诗《爸爸的手》，同办公室的关登瀛老师无意中看到了，他说这是一首儿童诗，让我寄给"冰心奖"评奖委员会，因为这个奖项有个新人新作奖，正是鼓励儿童文学新人的。那时我懵懂无知，不以为意。于是关老师从我其他的诗作中又挑了两首，形成组诗《亲情》，并帮我寄了出去。1998年的某一天，我突然接到通知，我荣获了第六届冰心儿童文学奖新人新作奖。我相信有很多无名的儿童文学新人和我一样，他们或在繁华的都市，或在边远的乡村，默默无闻，不为

人知，当他站在儿童文学这条小路的起点的时候，除了心中的一份梦想以外，一无所有。而"冰心奖"，正如一盏散发着柔和的光芒的小橘灯，给每一个怀揣梦想的年轻人以温暖的鼓励。"冰心奖"的主要创办者葛翠琳先生，正是这样一个提灯人。现在活跃在儿童文坛的年轻的儿童文学作家们，又有谁不曾接受过那灯光的恩泽和照耀呢？

我记得2007年鲁迅文学院儿童文学作家高级研讨班的同学们，入学不久的一个周末，就自发地，成群结队、浩浩荡荡地"开往"葛翠琳先生家。那一天的晚饭时分，鲁院的餐厅里空空荡荡，没有人来吃饭，因为全都自动被葛先生"吸"走了。一位没有得到消息而错过了机会的同学，有点气急败坏地跟我说："我没有去成，那我怎么办？我怎么办？"我看到她眼中带着泪痕的遗憾，于心不忍地说："没关系，隔天我陪你去。"没想到我的许诺并没有实现，变成了空头支票。这位年轻的儿童文学作家来自一个闭塞的山区，那里没有从事儿童文学写作的人，她自己的本职工作也和儿童文学毫无关系，只因为她的一篇散文获得了冰心儿童文学奖，从此打开了她人生的另一扇窗子。后来，我看到同学们探望葛翠琳先生时留下的合影，在葛翠琳先生家宽大的客厅里，在阳光灿烂的草坪上，葛翠琳先生在一群年轻的生机勃勃的面孔中间，她的笑容是那么美丽、慈祥、平和。在那一刻，我想起葛先生写冰心老人的一篇文章《玫瑰的风骨》。"玫瑰有坚硬的刺，浓艳淡香都掩不住她独特的风骨。""玫瑰花映出了冰心的影子。冰心的作品里，闪烁着玫瑰花的美丽、芳香和风骨。"其实我也很想用"玫瑰的风骨"来形容葛翠琳先生的为人和为文。

葛翠琳先生1930年出生于河北的一个乡村，后毕业于燕京大学，做过老舍先生的秘书。1957 年，年轻的葛翠琳已经出版了《野葡萄》《巧媳妇》《采药姑娘》三本童话集，就在风华正茂、意气风发的时候，葛先生被错划为右派，从此中断了她所热爱的写作，下放农村劳动改造二十年。在一次聊天中，她曾经跟我说过，在生活最贫困的时候，她曾经把从棉花秆上剥下来的皮磨成面充饥。在经历了战乱、贫困、各种各样的政治运动之后，让人惊异的是，那些辽阔的苦难没有把她的心灵压得变形、褊狭，相

反，在磨难过后她反而释放出博大的爱心。她创办"冰心奖"，为文学新人们铺路搭桥，显现了一个历尽沧桑的中国儿童文学女作家灵魂的高度和精神的宽阔。

人品即文品。葛翠琳先生的创作，无论是童话，还是散文、小说、剧本，无不折射出她的个性、气质和品格。徐鲁的《风雨中铺就的金花路——〈玫瑰的风骨〉跋》中这样评价葛翠琳先生的创作："个人的成长史、心灵史和写作史的背后，是对不同年代、不同环境下凸现的人性中未曾泯灭的真、善、美的重新发现与修复，也是对被时间的尘埃所遮蔽的、被生活的风雨所侵蚀的人性本原的寻找、呼唤和礼赞。"在她的作品《野葡萄》中，那个白鹅女被后母弄瞎双眼，在寻找能够治病的野葡萄的过程中，白鹅女历尽了艰辛，终于找到了野葡萄，她不但治好了自己的病，而且还让很多盲人重见光明。这篇童话中最为感人的一笔就是，她的同父异母的妹妹是个盲女孩，虽然后母弄瞎了白鹅女的双眼，但白鹅女却并没有以牙还牙，相反，还用野葡萄让同父异母的妹妹也获得了光明。这篇童话写于二十世纪五十年代，那个时候，葛翠琳先生苦难的人生路还没有展开，那个时候正是她创作力旺盛、春风得意马蹄疾的时候，可是这种"以德报怨"的慈悲的种子，已经在她的心里种下，并在她的童话中开出花来。此后她创办"冰心奖"等一系列的善举，正说明了葛翠琳先生对真、善、美的坚定信仰，历经风雨而不悔，相反，变得更澄澈、更透明。或者更准确的说法是，在葛翠琳先生的心目中，真、善、美从来就不是那么轻易能够得到的东西，真理和正义总是需要你付出汗水甚至生命的代价才能换来的。无论是她的长篇童话《会唱歌的画像》，还是长篇小说《蓝翅鸟》、长篇散文《十八个美梦》，无不展现出艰辛命运之下主人公心灵的美丽和人格的尊严。

向现实学习，向民间学习，是葛翠琳先生创作的一大鲜明特色。葛翠琳先生的作品所呈现出的一种厚度，正是因为她把自己坎坷丰富的人生经历糅进了自己的儿童文学创作中，如《翻跟斗的小木偶》，虽然是童话，但是却把中国那一段风云激荡的社会生活融了进来。童话的想象总是以现实生活为依据，童话也可以反映现实生活，这是葛翠琳先生的创作理念。

葛翠琳先生的很多童话，如《野葡萄》《金花路》等，都取材于中国民间传说和民间故事。在下放农村期间，她曾经采集过当地的民间故事和传说，可以看出她对中国传统的民间文化的重视，并把它变成自己创作的一个重要的精神和素材来源。她用一个女性诗意而细腻的笔触，对这些传说和民间故事，进行了现代性的转化，使得这些本来比较简单的民间故事和传说具有了曲折跌宕的故事情节；精彩、优美的适合儿童阅读习惯和审美期待的语言，质朴而又高尚的精神境界，使得她的这些生长在中国民间土壤上的篇章，以一种亲切、清新和自然的面貌，更容易地抵达今日孩子的心灵。

葛翠琳先生在一篇谈创作体会的文章《玫瑰云》中，提到她很喜欢乔治·桑的童话《玫瑰云》："一片小小的玫瑰云，飘荡着，变幻着，胀大、胀大，变成浓重的乌云，遮天盖地，翻滚着、奔跑着，裹着狂雷巨闪，撕裂了天空，泼下如注的暴雨，天地混沌一片，山吼叫，水呜咽……而老祖母那双瘦骨嶙峋的手，粗糙黝黑，青筋突出，她把翻滚的云团抓在手中，放在纺车上纺，纺成比丝还要细的云线。狂风暴雨，山崩地裂，她镇定自如，不惊慌、不抱怨、不叹气，耐心地纺呀纺……把厄运、灾难和痛苦纺成柔软的丝团，她是在捻纺人生。"

这一段话，完全可以看作葛翠琳先生一生的象征，那种坚韧、宽容、坦然，正是她人品和文品的最生动写照。